入籍前にフラれたはずが、離婚前提の溺愛旦那様が激しく私を求めてきます⁉

ルネッタブックス

CONTENTS

第一章

生け花の流派が誕生したのは室町《むろまち》時代で、代表的な七流派の他、そこから派生したものを含めると三〇〇以上にも及ぶといわれている。それぞれの流派には〝家元〟がおり、世襲によって受け継がれていて、伝統と流儀を継承する重大な役目を担う人物という位置づけだ。

尾立《おだて》和花《わか》は尾立流家元・尾立十糸子《としこ》の娘で、師範の資格を持っている。本部が主催する教室で講師をする一方、イベントで作品展示をしたりワークショップを行ったりと多忙な日々を送っているが、一日に一度、誰もいない空間で花生けをするのを日課にしていた。

今日の花材は、三月にふさわしい花々だ。器も重要で、納戸の棚にズラリと並ぶ大小の花器の中から、素朴な風合いの古丹波《こたんば》の赤土部《あかどべ》小壷《こつぼ》をチョイスする。

和室で正座した和花は、黒い盆の上に並べた花材の枝ぶりや色味をひとつひとつ吟味し、どんなふうに生けるかを頭の中でイメージした。

一度イメージが固まるとそこからは早く、水を入れたボウルの中で枝をどんどん水切りし、器に入れていく。花を留める剣山を使うことなく、直接器に入れていくやり方を〝投入《なげいれ》〟というが、無造作に器に挿すことで独特の〝間〟を作ることができるのが魅力だ。

やがて出来上がったものを前に、和花は小さく息をついた。今日は白い小さな花と奔放な枝ぶりが特徴の雪柳とマトリカリア、そして丸い葉と赤紫の花が可愛《かわい》らしいホトケノザを使い、野趣溢《あふ》れる春らしいアレンジに仕上げた。

（うん、芽吹いた草たちが伸びをしているみたいで可愛い。やっぱり春の花はいいな）

出来上がったアレンジは、教室の床の間に飾る予定だ。

そのとき襖《ふすま》の向こうから、家政婦の高野《たかの》が「奥さまがお呼びです」と声をかけてくる。和花は黒い盆の上に鋏《はさみ》を置き、切った枝や使い終わった道具をまとめながら応えた。

「――今行きます」

新宿区市谷《しんじゅくくいちがや》にある尾立流の本部は、大きな日本家屋だ。自宅と教室がある離れは中庭を隔てて造られており、四季折々の植栽が愉《たの》しめる。

母の十糸子に呼ばれて居間に向かった和花は、そこで告げられた内容に驚いた。

「えっ、わたしがお見合い？」

「そうよ。あなたはもう二十八歳なのに、浮いた話のひとつもないでしょ。だから私が伝手《つて》を頼って話をまとめてきたの」

現在五十三歳の十糸子は、和服が似合う美人だ。

家元にふさわしい品格があり、社交的な性格で、教室に通ってくる生徒から尊敬を集めている。

和花は戸惑いつつつぶやいた。

「そんな、急に言われても……。別にわたしは結婚に焦ってないし」

「んまあ、何を悠長なことを言ってるの。あなたは尾立流の次期家元、この先も流派を続けていくために跡継ぎをもうけなきゃいけない立場なのよ。結婚したってすぐに子どもができるとは限らないんだから、早くするに越したことはないの」

華道教室の生徒は圧倒的に女性が多く、出会いが少ない。

外のイベントで男性と接する機会がないわけではないが、これまで恋愛対象として意識する相手に会ったことがなかった。

そもそも和花は、男性との交際経験がほぼない。高校生のときに告白されて同級生とつきあったものの、そのときは身体《からだ》の関係になるのに及び腰で相手を避けるような態度を取ってしまい、わずか二カ月で別れを告げられた。

それからは男性に対する苦手意識があり、気がつけば二十八歳になる今までフリーのままだ。つまりは処女で、そんな自分に密《ひそ》かなコンプレックスを感じていたが、彼氏を作るために行動を起こす勇気がなく、消極的だったのは否めない。

（だからってお見合いするのは、ちょっと抵抗があるな。でもわたしみたいに処女を拗《こじ》らせた人間は、むしろそういう出会いのほうがいいのかも）

　そんなふうに考えた和花は顔を上げ、十糸子に遠慮がちに問いかける。

「そのお見合い相手って……どんな人なの」

　すると彼女がパッと笑顔になり、いそいそと釣書《つりがき》を取り出した。

「眞敷《ましき》流家元の三男の、冬也《とうや》さんよ。年齢はあなたより二歳上の三十歳、イベントで花生けのデモンストレーションをしたり、個展を開いたりという活動をしていて、眞敷流生け花教室の講師もしてらっしゃるわ。とても才能に溢れた方だけど、三男でご実家を継ぐ立場ではないから、駄目元でお見合い話を持ちかけたら家元も賛成してくださったの」

　釣書には写真も添付されており、スーツ姿の男性を見た和花はかすかに目を瞠《みは》る。

　眞敷冬也は、端整な容貌の持ち主だった。切れ長の目元は意志の強さを感じさせ、きれいに通った鼻筋と薄い唇、シャープな輪郭がどこか鋭利な印象を与える。

　隣から釣書を覗《のぞ》き込んだ十糸子が、華やいだ声で言った。

「とってもイケメンでしょう？　このお写真はスーツだけど、和服もすごく似合うのよ。うちの教室に来たら、きっと若い生徒さんたちが色めき立つでしょうね」

「確かに素敵な人だけど、こんなに整った顔をしている人がどうしてわたしとお見合いする気になったの？　自分でいくらでも彼女を作れそうなのに」

そんな和花の疑問に、母が肩をすくめて答える。

「さあ。事情は人それぞれだし、もしかしたら仕事優先でそういうご縁がなかったのかも。男の人の三十歳は、今はさして晩婚ではないし」

「そっか」

「あなた、自分を卑下するような言い方をするけど、私に似て充分きれいな顔をしてるんだから自信を持ちなさい。家元も、和花の写真を見て『きれいなお嬢さんだ』って言ってたわよ」

釣書を自室に持ち帰った和花は、それを熟読しつつ自分がどうするべきか思案した。

そして翌日、十糸子に「お見合いを受けようと思う」と伝えたところ、彼女は喜んで相手方と日程のすり合わせをした。

やがて四月の上旬、和服に身を包んだ和花は母と共に都内の高級料亭にいた。父親の泰輔《たいすけ》は八年前に病気で亡くなっているため、こちらの親族は十糸子だけだ。

女性従業員に案内されて和室に入ると、そこには先方の両親と共に冬也の姿がある。

「本日はわざわざお越しいただき、ありがとうございます」

「こちらこそ」

眞敷流家元は六十代半ばの痩身の男性で、穏やかな印象だった。夫人は小柄で品がよく、和花はその隣に座る冬也に目が吸い寄せられる。

（写真よりも、顔が整ってる。……この人がわたしのお見合い相手）

今日の彼はスーツ姿だったが、オーダーメイドとおぼしきそれは均整の取れた身体つきを引き立てていた。背すじの伸びた座り姿は凛《りん》としていて、それを見た和花は「華道で正座に慣れているから、姿勢がいいんだろうな」と頭の隅で考える。

「こちらは私の三男、冬也です。年齢は三十歳、経歴は……」

家元が息子について説明し、続いて十糸子が和花の経歴について話をする。

するとと家元夫人が、おっとりした笑みを浮かべて言った。

「和花さんは、尾立流次期家元にふさわしい経歴をお持ちですのね。しかもこんなにおきれいでいらっしゃるだなんて、冬也はよいご縁をいただけて幸せですわ」

しばし五人で歓談したあと、「二人で話したらどうか」と家元が提案し、彼らが部屋を出ていく。

残された和花は気まずさを感じたものの、襖が閉まるのと同時に向かいに座る冬也が話しかけてきた。

「改めまして、眞敷冬也と申します。本日はこうしてお会いできてうれしいです」

「お、尾立和花と申します。こちらこそ、このような場を設けていただいてありがとうございます」

互いに頭を下げて顔を上げると、目が合った彼が穏やかに微笑《ほほえ》む。すると端整だが鋭い印象が和らぎ、一気に親しみやすい雰囲気になった。思わずじわりと頬を染める和花を見つめ、冬也が言葉を続ける。

「このような席は初めてなので、正直言って緊張しています。普段は教室で生徒さんを前にして説明したり、イベントに参加して大勢の前で話す機会もあるのに、おかしいですよね」

「冬也さんは、外部のイベントにはどのくらいの頻度で参加されているのですか？」

「二ヵ月に一回くらいです。その他、年に一度のペースで個展を開催しています」

彼は思いのほか雰囲気が柔らかく、口調がこちらを気遣うように穏やかで、それが和花にとってはひどく新鮮だった。

普段は男性への苦手意識が根底にあり、仕事で接するときは身構えてしまうのが常だったが、冬也とはスムーズに話せている。しばらく歓談したあと、彼が微笑んで言った。

「やはり流派は違えど、同じ華道に携わっているせいか話が合いますね。僕としては和花さんのことをもっと知りたいと思いますし、今回のお話を前向きに進めたいと考えていますが、いかがですか」

それを聞いた和花は胸の高鳴りをおぼえつつ、どうしても確かめたいことがあって口を開く。

「あの……冬也さんにお聞きしたいことがあるのですが、よろしいでしょうか」

「何でしょう」

「今回の縁談の条件として、冬也さんには尾立家に婿養子《むこようし》として入っていただくという項目があったはずです。わたしが尾立流の次期家元で、実家を離れられないためにそのような条件をつけさせていただいたのですが、冬也さんはそれについてどう思われていますか」

　すると彼がこちらの目を真っすぐに見つめて答える。

「その条件に関しては、承知しています。次期家元という和花さんの立場からして、結婚相手に婿入りを求めるのは当然ですし、僕としてはまったく異存はありません」

「ですが冬也さんは、眞敷流の師範です。もし結婚したら、わたしの夫として尾立流の教室のお手伝いをしていただくことになると思うのですけど」

「はい。ですから結婚という運びになりましたら、僕は尾立流の稽古《けいこ》を受けようと考えています。そして早く免状を取って、和花さんの補佐ができるようになれればと」

　それを聞いた和花は、勢い込んで告げる。

「でも……それはあまりにも大変ではありませんか？　冬也さんは幼少の頃から眞敷流のお稽古を重ね、努力して師範のお免状を取得されたはずです。それなのに、この年齢になって他流派の勉強をするのは」

「承知の上で、僕はこの縁談をお受けしました。ですから和花さんがそのように気にされることではありませんよ」

ニッコリ笑って断言した冬也が、穏やかに問いかけてくる。

「和花さんが引っかかっているのは、そのことだけですか？　もし他に質問がなければ、縁談を進めさせていただきたいと思うのですが」

「は、はい！　……どうぞよろしくお願いいたします」


かくして見合いの二週間後に両家の間で結納が交わされ、和花と冬也は三ヵ月後の七月中旬に結婚することが決まった。

（嘘《うそ》みたい。わたしがあんな素敵な人と結婚するだなんて）

あまりにトントン拍子に話が進みすぎて、気持ちがついていかない。どこか夢見心地の和花だったが、十糸子も眞敷夫妻も今回の縁談を大層喜んでおり、「結婚式は、二人が納得いくように決めなさい」と言ってくれている。

冬也と話し合った結果、挙式は和装の神前式にし、披露宴会場の装花は華道に携わっている自分たち二人でやろうということに決まった。互いの家の関係で招待客はかなりの数になり、おのずと披露宴の規模も大きくなってしまうが、式の費用は両家の親が折半で払ってくれることになっている。

「和花、そろそろ冬也さんがいらっしゃる頃よ。用意できた？」

ゴールデンウィーク最終日である日曜の昼過ぎ、自室で身支度を整えていた和花は、廊下からそう呼びかけられる。襖を開けるとそこには十糸子がいて、こちらの姿を見て言った。

「あら、いいじゃない。新しいワンピース、すごく素敵よ」

「そう？」

今日はこのあと冬也が自宅まで迎えに来て、挙式の打ち合わせのあとにデートをする予定だ。それを知っている彼女が、冷やかすように笑う。

「いいわねえ、仲がよくて。最初はお見合いがきっかけだからどうなるかと思ったけど、上手《うま》くいってるみたいで安心したわ」

「……うん」

和花が冬也と見合いをしてから、一ヵ月余りが過ぎていた。

あれから彼とは週に二、三回会い、挙式の打ち合わせをしたり、婚約者としてデートを重ねている。互いに仕事があって多忙だが、会えない日は電話やメッセージのやり取りをして関係を深めていた。

冬也の端整な顔を思い浮かべ、和花の頰がじわりと熱を持つ。初めて会ったときから、彼はずっと優しい。婚約してからも常に和花を気遣い、仕事に支障のない範囲であちこちに連れていってくれている。

今週の前半は冬也がイベントの打ち合わせで北陸に出張しており、会えなかった。しかし週中の水曜日は土産を渡すために会う時間を作ってくれ、日曜日である今日は「挙式の打ち合わせのあと、デートしよう」と誘ってくれている。

そうするうちに玄関のインターホンが鳴り、和花は十糸子と顔を見合わせた。案の定、やって来たのは冬也で、外に出た和花は彼の車に乗り込んで言う。

「冬也さん、いつも迎えに来ていただいてすみません」

デートのときはいつも冬也が車で迎えに来てくれていて、運転免許を持っていない和花の中に申し訳なさが募る。すると彼が笑って言った。

「僕は運転が好きなので、気にしなくていいですよ。それより今日のワンピース、素敵ですね。よく似合ってる」

「ありがとうございます」

冬也は会うたびにその日の服装や髪形を褒めてくれ、和花は面映ゆさをおぼえる。

そんな彼は白のインナーにネイビーのジャケット、黒のストレッチパンツという春らしい服装で、カジュアルになりすぎず爽やかだ。全体的にシンプルであるものの、腕時計は値の張るものを着けており、大人の余裕を感じる。

（今日の冬也さん、眼鏡《めがね》を掛けてる。……恰好《かっこう》いい）

冬也は事務仕事をするときと車を運転するときだけ眼鏡を掛けると言い、理知的な容貌によく似合っていた。

和花が思わず見惚《みと》れていると、車を緩やかに発進させた彼がチラリとこちらに視線を向けて問いかけてくる。

「どうしました？」

「い、いえ。何でもないです」

「今日は挙式のプログラムと、席次表の作成でしたね。終わったらドライブに行きましょうか」

一般に結婚式の準備は半年前から始めるらしく、結納から三ヵ月後というのは準備期間がかなり短いほうだ。

十糸子が「縁談がまとまったのなら、できるだけ早く挙式してほしい」と要望したためで、その分短期間で決めなければならないことが目白押しだった。しかし冬也とあれこれ相談しながら決定するのは楽しく、少しずつ関係が深まってきた気がする。

午後一時から結婚式場で打ち合わせをし、終わったのは三時半だった。そのあとはドライブの流れとなり、車を走らせていた冬也がふいに言う。

「そういえば、僕はそろそろ尾立流の稽古を受けたいと考えています。他の生徒さんたちと同様に、教室に通ったほうがいいですか？」

和花は眉を上げ、考え込みながら答えた。

「うちの流派はカリキュラムを組んでいて、必要な単位を修了すれば資格を取得できるというシステムになっています。まずは初等科で華道の基本を学び、本科でより深い理解と応用を学んでいくという流れなのですが、冬也さんは眞敷流師範のお免状を持っていて既に基礎ができていますから、初等科を飛ばして本科からでいいかと思います」

一般的には、入門してから月三回の稽古を続けると二年後に免状を取得できる計算になっているが、他流派の資格を持つ冬也ならきっとすぐだろう。そう考えながら、和花は彼に提案する。

「冬也さんほどの方が一般の生徒さんと同じように教室に通うのも何ですから、わたしが個人的にお稽古をつけたいと思います。それでもよろしいですか？」

「はい。では挙式までに、週に二、三回通わせてください。それにしても、この年齢で新たに稽古を始めるのは新鮮ですね。ワクワクします」

「そうですか？」

「流派が違えば、花に対する向き合い方も違いますから。眞敷流は根底に宗教的な思想があり、〝生け花を通して精神性を高め、心の安寧《あんねい》を得る〟という考え方なのですが、尾立流はいかがですか？」

「尾立《うち》流は自然のあるがままを生かし、そこに自らの価値を見出《みいだ》すという考えです。形がきれいな花材だけを使わず、あえて虫食いや枯れている葉を使うことで、〝美〟や〝個性〟、侘《わ》び寂《さ》びを表現します」

「なるほど。花を生けるという点では同じなのに、基本的なスタンスが違うということですね。興味深いな」

　冬也と話すのは気詰まりせず、和花は楽しかった。

　一方で彼の整った横顔や男らしい大きな手、低く優しい声を意識し、胸がきゅうっとする。

（わたしばかりこんなに意識して、恥ずかしい。……冬也さんは、きっとそんなことないのに）

　これまで恋愛せずに生きてきたせいか、和花は会うたびに冬也への気持ちが募って仕方がなかった。

　優しくされると心臓の鼓動が速まり、一人になったときにその日の出来事を反芻《はんすう》する。メッセージをもらうとうれしくて、寝るまで何度も読み返している自分が我ながら恥ずかしい。

　二十八歳という年齢でこんなに浮かれているのを知られれば、彼はきっと幻滅するだろう。そう思い、冬也の前では努めて落ち着いた振る舞いを心掛けているものの、個人レッスンをすることが決まって心がワクワクと浮き立っている。

（でも……）

出会って一ヵ月が経《た》つ今も、彼が敬語のままであることが和花は気になっていた。結婚後は冬也は婿に入り、尾立姓を名乗ることになる。もしかするとそうした力関係を意識して、彼は丁寧な態度を崩さないのかもしれない。

和花のほうからすれば、冬也に対して偉ぶる気は一切ない。華道家として充分なキャリアのある彼を尊敬し、婿入りしてまで結婚してくれることに深く感謝している。それは十糸子も同じで、「せっかくお婿さんに来ていただくんだから、尾立家として冬也さんを大切にしなくてはね」と言っている。

（どうしよう。「敬語はなしにしてください」ってお願いしてみようかな。でも、もし冬也さんがわたしにそれほど親しみを感じていないなら、そういう要求をされたら苦痛に感じる……？）

そんなふうに悶々《もんもん》としているうちに時間が過ぎ、午後五時に冬也が予約していた都内のフレンチレストランで夕食を取る。

そこは四季を感じる食材と豊富なワインを愉しめる店で、車を運転する冬也はペリエを選んだ。和花は彼にワインを勧められ、食事をしながらついグイグイと飲みすぎてしまう。

「大丈夫ですか？　ピッチが速すぎるのでは」

「だ、大丈夫です。喉が渇いていて」

普段は嗜《たしな》む程度しか酒を飲まない和花だったが、今日は景気づけのためにわざと酔うくらいにワインをオーダーした。おかげで食事が終わる頃にはだいぶ酔いが回っていて、冬也が心配そうに言う。

「気分は悪くないですか？　これから自宅までお送りしますが、もし具合が悪くなったらすぐに言ってください」

店がある日本橋《にほんばし》から和花の自宅がある市谷までは、車で二十分少々の距離だった。

自分が酔ってしまったせいで彼にこんなに心配をかけてしまい、忸怩《じくじ》たる思いがこみ上げる。しかし気持ちを抑えておけず、自宅近くまで来たところで「あの」と切り出した。

「わたし、冬也さんにお聞きしたいことがあって」

「何ですか？」

「冬也さんがいつまでも敬語を崩さないのは、まだわたしとそれほど打ち解けていないからですか？　それとも、うちに婿入りするのを気にして、あえてそういう口調で通すつもりなんでしょうか」

すると冬也が眉を上げ、事も無げに答える。

「何となく様子がおかしかったのは、そんなことを気にしていたからですか？　答えはノーですよ」

「えっ？」

「和花さんに嫌われたくなくて、今まで紳士的な態度を取っていたんです。婚約したからといっていきなり馴《な》れ馴れしくするのは、不快なのではないかと考えていました。それから婿入りを気にしているかという点についてですが、やはりある程度立場を弁《わきま》えることは必要だと考えています。あくまでも和花さんが次期家元で、自分は補佐に徹するべきだという認識は、終生忘れてはいけないものです」

和花は戸惑い、「じゃあ……」とつぶやいた。

「冬也さんは、わたしと一緒にいて楽しいですか？　お恥ずかしい話、わたしは今まで男性とおつきあいした経験がほぼありません。高校生のときに初めて彼氏ができましたけど、相手の要望に応えることができず、二カ月で振られてしまって……男の人に苦手意識があり、この歳《とし》になるまでずっと独りでした」

話しているうちに惨めさが募り、和花はうつむく。

それをチラリと見やり、尾立家の屋敷の少し手前で車を停《と》めた彼が、落ち着いた口調で答える。

「僕はあなたと過ごす時間が、すごく楽しいですよ。お見合いのときは清楚《せいそ》な着物姿がきれいだと思いましたし、落ち着いた物腰や真面目な受け答えに好感が持てます。もしかすると男性が苦手なのかもしれないというのは折に触れて感じていましたが、ときどき見せる笑顔が可愛らしくて、少しずつ打ち解けてくれるのをうれしく思っていました」

「………」

「和花さんがそう言ってくれるなら、僕はもう少し素を出して構いませんか？」

和花は弾《はじ》かれたように顔を上げ、勢い込んで頷《うなず》く。

「はい、もちろんです」

「そうか。じゃあ俺は素を出すから、君ももう少しリラックスしてくれるとうれしい。俺たちはこれから夫婦になるんだし、打ち解けるのは悪いことじゃないだろう」

さらりと口調を変えられ、和花の頬がかあっと熱くなる。

話し方が変わっただけで格段に距離が近くなったように感じて、胸がドキドキしていた。実は和花には、もうひとつ気になっていることがある。

（こうして二人で会うようになってもう一ヵ月が経つのに、手を繋《つな》ぐのはおろかキスひとつしてない。冬也さんは、そういうのに興味がないのかな）

いずれ自分たちは結婚するのだから、別に焦る必要がないといえばそれまでだ。

むしろ今までの冬也の態度を見ると、穏やかで清廉な雰囲気の彼にはそういった欲求がないようにも見え、和花は密かにやきもきしていた。だが処女である自分がこんなことばかり気にしているのは、正直言ってはしたないしおこがましい。

「……さん、和花さん？」

ふいに名前を呼ばれているのに気づき、和花は慌てて顔を上げる。

「は、はい！」

「いきなり黙り込んで、もしかして〝俺〟っていうのが嫌だったかな」

冬也が心配そうな顔でこちらを覗き込んでいて、和花は首を横に振って答える。

「そんなことありません。その……恰好いいなって思って」

モソモソとした返答を聞いた彼が眉を上げ、すぐに小さく噴き出す。

「そっか。嫌じゃなかったのなら何よりだ」

「……はい」

「手に触れてもいいかな」

突然の思いがけない申し出に、和花は目を白黒させながら「どうぞ」と頷く。

すると冬也が運転席から腕を伸ばし、そっと手を握ってきて、心臓が大きく跳ねた。彼の手は指が長く優雅だが、大きくて男らしい。やんわりと力を込めながら、冬也が微笑んで言う。

「和花さんの手は女性らしくて、とてもきれいだ。この手がどんなふうに花を生けるのか、稽古の日を楽しみにしてる」

「……っ」

「自宅の前まで送るよ」

手を放した彼が緩やかに車を発進させ、数分もかからないうちに尾立邸の前に到着する。

和花は先ほど高まった心臓の鼓動が治まらないまま、冬也を見つめて告げた。

「冬也さん、家まで送っていただいてありがとうございました」

「稽古に都合のいい日をチェックして、あとでメッセージを送るよ。君にも仕事があるだろうから、無理のない時間帯を教えてほしい」

「そうですね。日によってばらつきがあるので、わたしも確認しておきます」

彼がこちらをじっと見つめてきて、その眼差《まなざ》しの強さにドキリとする。息をのむ和花に向かって微笑み、冬也が言った。

「今日はとても楽しかった。おやすみ」

「……おやすみなさい」

＊　＊　＊

車の助手席から降りた和花が、会釈をして尾立邸に入っていく。

それを見送った眞敷冬也は、ハザードランプを切って車を発進させながら考えた。

（彼女が俺の敬語を、あんな穿《うが》った見方をしているとは思わなかった。今まで気を揉《も》んでいたなら、申し訳ないことをしたな）

フレンチレストランで食事をした際、いつになくワインを急ピッチで飲んでいるのを見たときは心配になったが、どうやら彼女は素面《しらふ》では話せないと考えてわざと酔ったらしい。

和花の奥ゆかしさ、男性慣れしていない純粋さを目の当たりにした冬也は、微笑ましい気持ちになっていた。

（見た目や言動は落ち着いているし、次期家元にふさわしい品があるのに、可愛い人だ。それにしても、男性経験がないというのには驚いた）

冬也から見た彼女は、とてもきれいな女性だ。

長い睫毛《まつげ》が縁取る大きな目は猫を思わせ、メイクはそう派手ではないが整った顔立ちを引き立てている。肌は白く透明感があり、艶のある黒髪が清楚で、和服を着たときのすんなりとしたうなじに仄《ほの》かな色気があった。

体形は細く、その物腰はきちんとした家で育った者特有の品格を感じさせ、受け答えも思慮深くしっかりしている。そんな和花を、冬也の両親も「きれいで素晴らしいお嬢さんだ」と評価していた。だが先ほどの話では、彼女の男性経験は高校生のときにわずかな期間に同級生とつきあっただけだという。

それを聞いた瞬間、冬也はときどき和花がぎこちない態度を取る理由がわかった気がした。彼女はおそらくこちらとの距離をつかみかね、元々ある男性への苦手意識から尻込みするような態度を取ってしまうのだろう。

しかし冬也の中では、それはマイナスではない。むしろ和花に対する庇護欲《ひごよく》が湧き、もっと彼女のことを知りたくてたまらなくなった。

(せっかく縁あって結婚するんだから、彼女とはいい関係を築きたい。とりあえず稽古のスケジュールを立てないと)

冬也は眞敷流の東京《とうきょう》本部で週に五回、一般クラスと外国人向けクラスの講師を務めていて、企業向けのワークショップなどもあるために忙しい。

自宅に戻り、スケジュールを確認して和花に稽古の日程を伝えたところ、彼女から「その日で大丈夫です」という返信がきた。

それから二日後の午後四時、冬也は尾立邸を訪れた。離れに生け花教室を併設しているため、門扉は常に開かれていて、出入りする生徒の姿がちらほら見える。住居のほうのインターホンを押して「眞敷です」と告げると、家政婦が出てきて玄関を開けてくれた。

中に通されて廊下を歩きながら、冬也は見事にしつらえられた中庭に感心する。客間とおぼしき和室に入ると、虎杢《とらもく》の座卓には花材を並べた黒い盆が置かれており、水切り用のボウルもあった。

待つこと数分、壁際の棚に並べられた器を眺めていると、廊下から「失礼いたします」という澄んだ声が響く。

「冬也さん、本日はわざわざお越しいただき、ありがとうございます」

現れたのは和花で、今日の彼女は小町鼠《こまちねず》の色大島に黒っぽい花織帯を合わせた、落ち着いた和服姿だ。

彼女が戸口で手をついて丁寧に頭を下げてきて、冬也は微笑んで答える。

「そんなに改まらなくていいよ。今日、君に稽古をつけてもらいに来ているのは、俺なんだから」

「すみません。冬也さんがうちにいるのだと思うと、何だか緊張してしまって」

「とはいえ君が師匠になるわけだし、稽古中は敬語を使わせてもらおうかな」

和花はちょうど教室の空き時間らしく、しばし世間話をする。やがて彼女が、表情を改めて言った。

「では早速、お稽古に入らせていただきます。初回ですので尾立流の起源と流派の特徴を説明いたしますので、こちらのテキストをご覧ください」

生徒用のテキストを開いた冬也は、和花の説明を興味深く聞く。

流派が違えば花に対する向き合い方も違うのは先日の会話の中でわかっていたことだが、改めて説明されるとより理解が深まる気がした。やがて彼女の話は花型と技法へと移り、こちらを見て言う。

「流派が違っても、最初に基本的な花型を学ぶのはどこも同じです。まずは冬也さんの花生けを見せていただいてもよろしいですか？」

「はい」

使う花材は自由、壁際の棚に並べられている器を好きに使っていいと言われ、冬也はまず用意された花をじっくり眺める。

季節は春であるため、花材はピンク色が可愛らしいナデシコや八重咲のクレマチス、菖蒲《しょうぶ》など種類が多く、色も形もさまざまだ。

茎や葉の形状、花の顔を注意深く観察することで、それをどうやって生けるかの道筋が見えてくるため、決して妥協できない。特に一種類で生けるときは全体的なバランスが重要で、あらゆる角度から観察し、ようやく花材を決定した。

次は器だ。棚には年代も素材もさまざまな花器が並べられていて、手に取って形状や風合いを確かめながら先ほどチョイスした花材にふさわしいものを決める。

やがて席に戻った冬也は、器とのバランスを見ながら持参した花鋏で枝を水切りした。そして無駄な葉を落とし、花器に花を生け、少し距離を取って引きで眺める。

時間をかけて見た目を整え、ようやく息をついて告げた。

「――できました」

「拝見いたします」

こちらにやって来た和花が着物の裾に気をつけながら隣に座り、出来上がったものを鑑賞する。

そして感嘆のため息をついて言った。

「素晴らしいですね。オオアラセイトウの紫が、黒い器に映えていて」

オオアラセイトウはアブラナ科の植物で、薄紫の四枚の花弁が十字状に咲く花だ。

冬也は紫の花色が際立つよう、蓋つきの丸いフォルムの骨董《こっとう》の器を選び、蓋をずらして載せることで茎の部分を固定した。花と葉は器のアウトラインに沿うように垂らし、少し野趣を感じさせる生け方になっている。

和花が言った。

「これは基本の花型のひとつである、〝生花《しょうか》〟ですね。野山に花が咲いている姿をイメージしながら生けるものですが、冬也さんの作品は花茎の動きに奔放さを出すことで自然な雰囲気を醸し出し、それでいて無駄がなく研ぎ澄まされた感じもあって秀逸です」

「ありがとうございます」

「ではわたしも、同じ生花で生けてみます」

自分の席に戻った彼女は、盆の上に並べられた花材を手に取ってひとつひとつ吟味《ぎんみ》する。

和花が選んだのは、細長い首と表面のひび割れ模様が特長の哥窯《かよう》花瓶《かびん》だった。そして正座し、白藤を手に取りながら説明する。

「尾立流における〝生花〟は床《とこ》の間《ま》に飾るのにちょうどいい小型のもので、少ない枝で自然な姿を表すことに重点を置きます。構成としては、まずはメインとなる〝芯《しん》〟、中心の上方に伸びる枝で、奥行きをつけるための〝添えもの〟、そして芯の真ん中より下、手前前方でボリュームを出すための〝体《たい》〟です。今回の花材は白藤で、一本で生けてみます」

彼女は長い白藤の枝を手に取り、全体のバランスを見て余分な枝葉を落としていく。

その過程で複数ついていた花穂を切り落とし、最終的にひとつに絞った。そして器に生け、枝を指でたわめて微調整をしたあと、顔を上げて言う。

「できました。白藤の一種生けです」

「――……」

和花の作品は、見事だった。

長い枝は天に向かって真っすぐに伸び、下部にある節がいいアクセントになっている。前方と後方に広がった緑の葉が〝添えもの〟の役割を果たし、手前前方の〝体《たい》〟の部分には白い花穂がひと房だけ垂れ下がっていて、その佇《たたず》まいは品よく端正だ。

冬也は感心してつぶやいた。

「すごいですね。たった一本の枝で、芯・添えもの・体を完璧に表現している。器の錆《さ》びた色味から、侘び寂びの気配も感じられて」

「ありがとうございます」

微笑む和花を見つめ、冬也は彼女が尾立流の次期家元にふさわしい女性なのだと再確認する。

華道における家元は世襲制だが、中には力量不足を感じる人物もいないわけではなく、その才能は千差万別だ。しかし目の前の和花は華道家として紛れもない才能があり、佇いも凛としている。

冬也は改めて器に生けられた白藤を眺め、つぶやいた。

「尾立流の花生けに、俄然興味が湧いてきました。できるだけ時間を作って稽古をつけていただき、一日も早く資格が取得できるよう精進します」

すると彼女がニッコリ笑って答える。

「冬也さんは素晴らしい感性をお持ちですので、お免状を取るのはきっとすぐですよ。お仕事に無理のない範囲で頑張っていきましょう」

第二章

七月に入ると東京の暑さは過酷さを増し、連日三十五度超えの猛暑日が続いている。

そんな中、和花と冬也の結婚式の準備は大詰めを迎えていた。この三ヵ月、式場の選定から始まってコンセプトとプログラム、挙式と披露宴の衣裳、招待状の発送や料理と引き出物などさまざまなことを決めるのは、互いに仕事をしている身でかなり厳しかった。

仕事がある中で式場との打ち合わせの時間を捻出するため、母の十糸子や教室の講師たちに皺寄《しわよ》せがいく形になってしまったが、皆「おめでたいことですから、気にしなくて大丈夫ですよ」と笑顔で言ってくれ、心から感謝している。

（わたし、本当に恵まれてるな。冬也さんみたいに素敵な人と結婚することになった上に、職場の人たちも優しくて）

冬也の顔を思い浮かべると、心がほんのり温かくなる。

四月の初頭に見合いをしてから三ヵ月余り、彼との距離は格段に縮まった。挙式の打ち合わせはもちろんだが、その後のデートや週に二、三回の頻度でつけてきた稽古が相互理解に大いに役立ったからだ。

眞敷流の師範の免状を持つ冬也は、花生けをするときのきちんとした姿勢や花材の扱い方、器とのバランスを含めたセンスが素晴らしく、和花は華道家としての彼に尊敬の念を抱いていた。

既に確固たるスタイルを持っている彼だが、それに固執することなく尾立流のやり方を柔軟に取り入れ、実践してくれている。それに一抹《いちまつ》の申し訳なさと深い感謝の念がこみ上げ、和花は小さく息をついた。

（他流派の師範なのにわざわざ尾立家《うち》に婿入りしてくれる冬也さんを、大切にしたい。結婚後は一緒に暮らすことになるけど、どんな生活になるのかな）

尾立家の屋敷は広大で部屋数は充分にあるものの、十糸子が「いくら婿入りしてもらうとはいえ、入籍後に義母と一緒の生活では冬也さんの気が休まらない」「いずれ同居してもらうにせよ、結婚して二年程度は近くのマンションで二人で生活したらどうか」と提案してくれ、新居を捜して準備を進めていた。

幸いなことに、尾立家の屋敷から徒歩七分ほどのところにあるタワーマンションに空室が見つかり、二十九階の２ＬＤＫを契約した。新居のコーディネートは和花が一任されたものの、ベッドを一緒にするか別々にするかでかなり悩んだ。

（ベッドがひとつなのを見たら、冬也さんどう思うかな。寝るのは同じ部屋だけど、やっぱりベッドは別々にしたほうがいいか）

結局セミダブルのベッドを二つオーダーし、他の家具やリネンも含めて三日前に搬入してもらった。

挙式を一週間後に控えた現在、冬也を迎え入れる準備は万端で、和花は少しずつ緊張感が高まってくるのを感じている。そんな中、義両親となる眞敷夫妻から「うちで一緒に食事をしないか」という誘いを受け、ありがたくそれを了承した。

（義両親だけじゃなく、冬也さんの二人のお兄さんも同席するって言ってたし、ちょっと緊張するな。何を着ていこう）

悩んだ末、和花は目にも涼やかな変わり絽《ろ》の生地に、四季を彩る草花と雲取り文様をあしらった訪問着に決めた。帯は唐織で菊や藤の花をデザインした夏らしい紗《しゃ》の袋帯にし、上品さを意識したコーディネートにする。

やがて午後四時、冬也が車で迎えに来た。玄関に出ると、彼はこちらの装いを見つめて微笑む。

「きれいだな。君の上品な雰囲気を引き立てていて、よく似合ってる」

「ありがとうございます」

車に乗り込んだ和花は、運転席に座った冬也に向かって告げる。

「今日の手土産は、紅寿庵《こうじゅあん》の蜜漬《みつづ》け金柑《きんかん》入《い》りの水まんじゅうにしたんです。気に入っていただけるといいんですけど」

「うちの家族は和菓子が好きだし、きっと喜ぶよ」

これまで冬也の両親と長兄である春《はる》希《き》には一度会ったことがあるが、春希の妻と二番目の兄には面識がない。

今日は家族皆が集まるとあって、そこに招かれた和花はうれしいのと同時にひどく緊張していた。そんな様子を見た冬也が、微笑んで言う。

「和花さんが気詰まりにならないように俺が常に気を配るから、安心してほしい。皆、君に会えるのを楽しみにしてるよ」

彼の整った顔を目の当たりにした和花は、心臓の鼓動が速まるのを感じる。

見合いをしてから約三ヵ月、そのあいだ冬也とは加速度的に親密度が増した。和花が素直な気持ちをぶつけてからは外を歩くときに手を繋ぐようになり、出会って三ヵ月が過ぎる頃に初めてキスをした。

初めてのことでドキドキしたものの、決して嫌ではない。むしろ間近で見る彼の端整な顔立ちに胸が高鳴り、和花は冬也に対する気持ちを強く自覚した。

（わたし、冬也さんが好き。出会いはお見合いだったけど、今は一人の男の人として好意を抱いてる）

冬也には年齢以上の落ち着きがあり、最初に比べて口調こそ砕けたものの、紳士的な態度を崩さない。

こちらに恋愛経験がないのを考慮してすぐに距離を詰めようとせず、時間をかけてくれるところに和花は大人の男性の余裕を感じていた。仕事にも理解があり、こちらの都合で会えないときも身体をいたわってくれる。

そんな彼への想《おも》いは、時間が経つにつれて募る一方だった。連絡がくればうれしく、次に会う日を心待ちにする。実際に顔を合わせると夢見心地で、自分でも呆《あき》れるくらいに冬也に恋をしていた。

（今まで恋愛をしてこなかったことの反動なのかな。ちょっと舞い上がりすぎだから、落ち着かないと）

特に今日は彼の家族に会うのだから、品格ある振る舞いを心掛けなければならない。

和花が住む市谷から眞敷家の屋敷がある目黒《めぐろ》までは、車で約三十分だった。尾立家が日本邸宅なのに対し、眞敷家は近代的な外観の白亜の豪邸だ。華道教室が入っている自社ビルは中野《なかの》にあり、自宅には併設していないらしい。

中に入ると、冬也の両親がにこやかに迎えてくれた。

「和花さん、いらっしゃい」

「よく来たね」

「お義父《とう》さま、お義母《かあ》さま、本日はお招きありがとうございます」

リビングには長兄の春希、そしてその妻の佐枝《さえ》がいて、順番に挨拶を交わす。しばらくすると次兄の良秋《よしあき》がやって来て、和花を見て言った。

「あなたが和花さん？　初めまして、冬也の兄の良秋です」

「尾立和花です。初めまして」

春希は穏やかな容貌の男性だが、冬也より一歳年上の良秋は洒脱《しゃだつ》な雰囲気だ。聞けばまだ結婚しておらず、「家庭に縛られるのは性に合わない」と言って、自由な恋愛を楽しんでいるらしい。

（春希さんも冬也さんも落ち着いた雰囲気なのに、良秋さんはあっけらかんとした性格なんだな。同じ兄弟でも、こんなに違うんだ）

しかし明るい性格の彼はあれこれと話題を振ってくれるムードメーカーで、皆でしばし和やかに歓談する。

やがて冬也の母親の百合子《ゆりこ》が、「そうそう」と言って笑顔でこちらを見た。

「このあいだ百貨店の外商さんがうちに来たとき、佐枝さんと和花さんにいいものを買ったのよ。これから私のお部屋に来ていただける？」

和花が冬也のほうをチラリと見ると、彼が「行っておいで」というように頷いたため、連れ立って百合子の部屋に移動する。

彼女の部屋は、女性らしいロマンチックな雰囲気だった。和花と兄嫁の佐枝は、そこで百合子から美しい帯留めを見せられる。

「螺鈿蒔絵《らでんまきえ》の帯留めよ。職人がひとつひとつ手造りしている品で、あまりにきれいで一目惚《ひとめぼ》れしたの。佐枝さんも和花さんも、普段お着物を着ることが多いでしょう？　デザイン違いの同じものを買ったから、受け取ってくれるとうれしいわ」

和花は驚き、恐縮して問いかける。

「そんな、こんなに素晴らしい品をよろしいのでしょうか」

「もちろんよ。あなたたち二人が息子のお嫁さんになってくれて、私はとてもうれしいの。もしお嫌じゃなければ、使ってちょうだいね」

義母となる彼女からの思いがけないプレゼントに、和花は面映ゆい気持ちで「ありがとうございます」と礼を述べる。

そして佐枝と相談してどちらにするかを選んだあと、しばし三人でお喋《しゃべ》りをした。やがて百合子が時刻を見て、佐枝に向かって言う。

「そろそろお料理の仕上げをしなくてはね。佐枝さん、お手伝いしてくれるかしら」

「はい」

「あ、わたしも……」

和花も慌てて申し出たものの、百合子が微笑んで言う。

「和花さんは初めて来てくださったお客さまだし、せっかく素敵なお着物を着ていらっしゃるんだから、またの機会にお願いするわ。今日はリビングで、主人や冬也たちとお話をして待っていてね」

「……わかりました」

階下に下り、百合子と佐枝が連れ立ってキッチンに向かうのを見送った和花は、リビングに戻るべく踵《きびす》を返す。

歩きながら、「今日和服で来たのは失敗だったな」と考えた。普段から家元夫人として着物を着慣れている百合子は、和花が着ている訪問着の価値をわかっているからこそ、気を使ってああいうふうに言ってくれたに違いない。

現に兄嫁の佐枝は着物よりも動きやすいワンピースで来ていて、忸怩たる思いを噛《か》みしめる。

(冬也さんを婿養子として迎えるとはいえ、彼のご両親にとってのわたしは息子の嫁であることに変わりはない。この家に来たときはお客さま気分ではなく、積極的にお手伝いしないと)

そんなふうに考えながら、和花は廊下を歩いて角を曲がろうとする。

その瞬間、廊下の先で中庭を臨む大きな窓に向かって二人の男性が立ち、話をしているのが見えた。

(あれは冬也さんと……良秋さん?)

良秋は電子タバコを口に咥《くわ》えていて、喫煙のためにリビングから出ていたことがわかる。

二人がいる方向に歩き出そうとした和花だったが、ふいに彼らの会話が聞こえて足を止めた。

「お前の婚約者の和花さん、きれいな人だな。婿入りを結婚の条件にするなんて、男を尻に敷いて当たり前みたいな気の強いタイプなのかと思ってたけど、清楚な大和撫子《やまとなでしこ》っぽくて意外だったよ」

それを聞いた和花は、表情を曇らせる。

こちらは家を継ぐという立場上、やむを得ず冬也に婿入りしてもらうことを条件にしたが、やはり眞敷家からすれば面白くないのだろうか。そんなふうに考えていると、冬也が答える。

「それは俺も両親も最初から納得していることだから、何も問題ないよ」

「しかし婿入りなんて、思いきったことするよなあ。実際結婚したら、婚家で肩身が狭くなりそうじゃん？　立場が弱いっていうかさ」

「さあ、どうだろう」

冬也の声音は淡々としており、感情が読めない。すると良秋が電子タバコを咥え、笑って言った。

「ま、お前は三男でこの家を継ぐことはできないんだから、仕方ないか。それより冬也、前に『忘れられない女性がいる』とか言ってただろ。それなのに結婚しちゃっていいの？」

「――……」

思いがけない発言に驚き、和花は目を見開く。

良秋の発言は冬也が過去に女性とつきあっていた事実を如実《にょじつ》に示しており、心臓が嫌なふうに跳ねた。彼の年齢を考えれば、それは当然だ。二十八歳まで交際経験がない和花のほうがイレギュラーで、普通は複数人とつきあっていて当たり前に違いない。

(でも……)

グルグルと考え込む和花をよそに、冬也がさらりと答えた。

「その件については、もういいんだ」

「いいって、心残りがあるのに他の女と結婚するのってどうなんだよ」

「本当にもういいんだよ。そろそろ母さんたちが、二階から下りてくる頃だ。リビングに戻ろう」

話を切り上げた彼らが連れ立ってリビングの方向に歩いていき、和花はその場に立ち尽くす。

冬也に忘れられない女性がいるという事実は、和花にとってショックだった。過去につきあっていただけならまだしも、今現在も相手に心を残しているのなら、彼の中でその恋愛が終わっていないことになる。

(わたし……冬也さんとは、いい関係を築けてるって思ってた。一緒に過ごす時間が増えるにつれて親密さが増してきた感じがしていたし、尾立流の稽古を通して、同じ華道家としても理解し合える関係になってきた気がしてた)

入籍前という節度を守りつつ、手を繋いだりキスをしたりするようになったのは、冬也も自分を恋愛対象として見てくれているからに違いない。そう思っていたのに、実際は他の女性に気持ちを残しているのだとわかり、足元が崩れるほどのショックを受けている。

その後、家族揃《そろ》っての夕食会が開催されたが、和花は気もそぞろだった。百合子は普段から台所に立っているらしく、家政婦や佐枝と一緒に作ったという料理は見事なものだったが、味がよくわからない。

和花の手土産である和菓子も喜んでもらえ、食後にお茶と一緒に提供されたものの、会話を振られても当たり障りのない受け答えをするので精一杯だった。

午後八時、冬也の運転で自宅まで送ってもらうことになった和花は、陰鬱な気持ちで車に乗り込む。すると彼が心配そうにこちらを見つめて言った。

「途中から浮かない顔をしていたけど、大丈夫か？　具合でも悪いんじゃ」

「大丈夫です」

「食事があまり進んでなかったし、会話も少しぎこちなかったように見えた。もしかして母さんに二階に呼ばれたとき、何か言われたとか」

それを聞いた和花は、慌てて首を横に振る。

「そんなことありません。お義母さまは、わたしとお義姉《ねえ》さんにお揃いの帯留めをプレゼントしてくださったんです。外商さんに勧められたときに一目惚れしたお品だと言って」

終始優しくしてくれた眞敷夫妻には、感謝しかない。

春希や佐枝、それに良秋も表向きは穏やかに接してくれ、ぎこちなさが顔に出てしまっていた和花はいたたまれなさをおぼえる。冬也がこちらの態度の異変に気づいていたのなら、他の人たちにも気を使わせてしまったかもしれない。

そう考え、和花は冬也に謝罪した。

「心配をおかけして、申し訳ありません。今日は冬也さんのご家族とお会いして、気を張っていたせいか少し疲れてしまったんです。でも冬也さんのご家族に何かされたとか、わたしに思うところがあるとかではありません」

するとそれを聞いた彼がホッと表情を緩め、運転を続けながら微笑む。

「そうか。確かに和花さんにとってのうちは完全にアウェーだし、今日は人数も多かったから、気疲れして当然だな。俺がもう少し配慮すればよかったのに、行き届かなくて本当にごめん」

こちらに謝ってくる冬也は、とても誠実に見える。

優しく気配りができて大人の余裕がある冬也に、自分は今まで恋していたはずだ。彼と見合いをして婚約できたことをこの上なく幸せに思い、挙式の日を指折り数えて待ち望んでいた。

（でも――）

冬也の心に自分以外の誰かがいるという事実が、和花を強く打ちのめしている。

何とか普通の顔をしようとしたものの彼のほうを見られず、和花は視線を落として言った。

「ごめんなさい、少し頭痛がするみたいです。自宅に着くまで目を閉じていても構いませんか？」

「もちろん構わないけど、大丈夫か？　もしひどいようなら、夜間診療の病院に行こうか」

「いいえ。たぶん休めば治ると思うので」

結局市谷の自宅に到着するまでの約三十分間、和花は助手席のシートにもたれて目を閉じていた。

やがて冬也が「着いたよ」と言いながらこちらの頭に腕を伸ばしてきて、目を開けた和花はハッとし、咄嗟《とっさ》にその手を振り払ってしまった。

「……っ」

彼が驚いたように、目を見開く。

自分が過剰な反応をしてしまったのを悟った和花は、取り繕うように言った。

「あ……すみません。びっくりしてしまって」

「いや」

「わざわざ送っていただいて、ありがとうございました。ご家族にどうぞよろしくお伝えください」

助手席のドアを開けて車の外に出ようとしたところ、冬也が腕をつかんでくる。ドキリとして見つめ返すと、彼が真剣な眼差しで言った。

「今日は疲れただろうから、よく休んでくれ。また連絡する」

「……はい」

冬也が「おやすみ」と言って腕をつかむ力を緩めたため、和花は重苦しい気持ちでうつむきながら車を降りる。そして運転席の彼を見つめて告げた。

「……おやすみなさい」

＊＊＊

眞敷流の歴史は江戸後期に遡《さかのぼ》り、現在は冬也の父である眞敷和幹《わたる》が十世家元を務めている。

初代は〝花生けを通じ、自己を研鑽して悟りを開く〟ことを提唱し、その作風は無駄を削ぎ落として花本来の美しさを引き出すものだ。眞敷流華道教室は中野にあり、六階建ての自社ビルの中に本部や大小の教室、会議室などが入っていて、いつも多くの生徒たちでにぎわっている。

家元の三男である冬也は教室で生徒に生け花を教える傍《かたわ》ら、企業や区のカルチャースクールの講師を務め、自身の個展も年に一回開催したりと多忙だ。

この三ヵ月はそれに挙式披露宴の準備、そして尾立流生け花の稽古をつけてもらうというタスクが加わり、目が回るほど忙しい。とはいえ、婚約者である尾立和花と結婚すれば彼女の家に婿入りすることになり、現在の眞敷流の仕事を辞めてあちらの家業を手伝うことになるため、その準備を怠《おこた》ることができないのが現状だった。

和花と見合いをするに際し、彼女が尾立流の次期家元であることから、結婚すれば婿入りしなければならないのは父から最初に聞いていた。冬也としてはまったく異存はなく、縁談はトントン拍子に進んで、挙式は三日後に迫っている。

しかしここにきて、冬也には気がかりなことがあった。

（この数日、和花さんの様子がおかしい。メッセージを送っても返信が遅い上、「会おう」と誘っても断られるし）

今までは挙式の打ち合わせや稽古で、週に三、四回ほど顔を合わせていた。

会えない日はメッセージや電話で連絡を取っていて、自分たちの関係は良好だったはずだ。だがこの四日ほどはメッセージがなかなか既読にならず、誘っても「仕事の打ち合わせがある」「少し疲れていて、外に出るのがしんどいので」と断られ、稽古もできていない状態だ。

明らかにこれまでとは違う対応に、冬也はひどく戸惑っていた。最後に和花と顔を合わせたのは数日前の日曜日で、眞敷家の屋敷で家族が集まって食事会をした。思えばあの日の帰り道から、彼女の態度はおかしかった気がする。

（和花さんは否定していたけど、やっぱり母さんや義姉さんと何かあったのかな。面と向かって嫌なことを言われたとか）

しかし長兄の妻である佐枝はふんわりとした優しい雰囲気の女性で、誰かに嫌みを言うような性格ではない。

母の百合子も同様で、彼女は和花のことをいたく気に入っており、「うちは息子しかいないから、お嫁さんたちに仲よくしてもらえるとうれしいわ」「和花さん、また遊びに来てくれるといいわね」と話していて、揉め事があったような気配は微塵《みじん》もなかった。

家族で食事しているときから和花はどことなく沈んだ様子を見せており、冬也は「何かあったのなら話してほしい」と申し出たものの、彼女から否定されて今に至る。

（挙式は三日後に迫っていて、今日がプランナーとの最終打ち合わせだ。当日の流れの確認だけですぐ終わるだろうから、そのあとで話をしよう）

冬也にとっての和花は、大切な存在だ。見合い後に婚約をしてから約三ヵ月、彼女への想いは日に日に増す一方だった。

和花は控えめな性分で、自らペラペラとお喋りをするタイプではないが、受け答えが思慮深くしっかりしている。尾立流の師範として生徒に教えているせいか言葉遣いがきちんとしており、着物を日常的に着ているために所作が美しい。最初こそ緊張して硬い態度だったものの、近頃は自然な笑顔を見せてくれるようになり、それを見るたびに冬也の心は疼《うず》いていた。

（俺は彼女が好きだ。きれいな容姿や真面目な性格ももちろんだが、華道家としての才能にも強く心惹《ひ》かれてる）

和花に稽古をつけてもらうようになってから驚いたのは、彼女の才能だ。

説明するときの理路整然とした口調、背すじが伸びた座り姿、花材を手に取って確認するときの真剣な表情には凛とした雰囲気が漂い、静謐《せいひつ》さがある。

ひとたび花を生け始めるとその手つきはよどみなく、大胆に鋏を使って枝葉を切り落とす動きには一切躊躇《ためら》いがなかった。おそらく和花には、作業する前の段階で作品の完成形が明確に見えており、確固たる信念を持って花を生けているのだろう。

やがて出来上がった作品は、尾立流の理念を反映しつつ美しく仕上がっていた。そこには彼女がこれまで積み上げてきた努力や研鑽が如実に表れており、尾立流の次期家元という肩書きは決して伊達《だて》ではないことを思い知らされた。

(俺は彼女を、傍《そば》で支えたい。そのためには、眞敷流の華道家というキャリアをリセットしても惜しくない)

今までの己の実績を一旦脇に置き、尾立流の華道を学ぶ。その上で、いずれ家元となる和花を夫として支えていきたい——冬也のそんな思いは、挙式が近づくにつれて強まるばかりだ。

それなのに突然和花との関係がぎくしゃくしてしまい、ひどく困惑している。

(もしかすると、和花さんはマリッジブルーなのかもしれないな。バタバタと結婚が決まって準備が本当に大変だったから、仕事とのやり繰りで疲れてしまったとしても充分理解できる。それに加

えて俺に稽古までつけていたんだし、憂鬱な気持ちになるのは無理もない。もう少し気をつけてあげるべきだった）

今日はそうしたことも含め、しっかり話をしようと冬也は考えた。

自分がいかに和花を大切に思っているかを伝え、これまでのフォロー不足を詫《わ》びた上で、彼女が不満に思っていることを聞き出す。そして二人で改善策を考え、すっきりした気持ちで挙式の日を迎えたい――そう思っていた。

その日、冬也は午後四時に教室を終え、その後一時間ほど事務仕事をして退勤する。そして車で港区《みなとく》にある結婚式場に向かい、途中で和花の自宅に寄ると、彼女はワンピースとカーディガンという服装で出てきた。

「すみません、冬也さん。わざわざ迎えに来ていただいて」

「まったく問題ないよ。それより体調はどうかな」

ここ数日、「疲れている」と言っていたためにそう問いかけると、和花は目を伏せて答える。

「何とか大丈夫です。冬也さんのお稽古、せっかく日程を決めていたのに中止にしてしまって、申し訳ありませんでした」

「それは全然構わないが」

彼女は聞かれたことに対しては答えるものの、どことなく態度が硬い。

気になった冬也だったが、「話は打ち合わせのあとにしよう」と考え、結婚式場に向かった。すると担当のウェディングプランナーが迎えてくれ、当日の流れを綿密に打ち合わせする。そして書類を揃えながら言った。

「挙式から披露宴のタイムテーブルは、以上になります。当日はお二人で披露宴会場の装花をされたあとに式のお支度、神前結婚式を終えたあとは会場までの移動などでバタバタするかもしれませんが、その都度きちんとサポートいたしますのでご安心ください」

衣装や引き出物などが揃っているかをプランナーと共に確認し、当日にこちらが持参するものもリストにしてもらう。

三十分ほどで打ち合わせが終わり、エレベーターホールまで見送りに出た担当プランナーが笑顔で言った。

「では三日後の日曜、挙式の日を楽しみにしております。何か不明な点がございましたら、わたくしのほうにご連絡ください」

「ありがとうございます」

エレベーターに乗り込み、一階のボタンを押す。下降を始める箱の中、ふいに和花が「あの」と言ってこちらを見た。

「冬也さんに……お話があります。このあとお時間よろしいですか？」

「もちろん。この近くのビストロを予約してるんだけど、そこでいいかな」

「はい」

車に乗って十分もかからずに目的地に到着し、近くのパーキングに駐車する。

訪れた店は落ち着いた内装で、午後七時過ぎとあってそこそこの客入りだった。新鮮野菜のバーニャカウダや鶏《とり》レバーのパテ、ローストポークなどをオーダーし、和花は白ワイン、冬也はノンアルコールのドリンクで乾杯する。

ワイングラスを置いた彼女を見つめ、冬也は微笑んだ。

「挙式まで、あと数日だな。土曜日に俺の家財道具がマンションに届くはずだから、申し訳ないけど受け取りを頼むよ」

「はい」

「それで、君の話って？」

冬也が水を向けると、和花が視線を落とす。

彼女は小さく深呼吸して顔を上げると、こちらを真っすぐ見つめて口を開いた。

「四月の半ばに結納をして三ヵ月、これまで冬也さんとは挙式の準備や二人で会う時間を作り、少しずつ関係を深めてきました。こちらに婿入りするのを了承していただき、尾立流の生け花を一生懸命学んでくださっていることに、深く感謝しています。本当にありがとうございます」

どこか改まった和花の言葉に、冬也は首を横に振って答える。

「礼には及ばない。確かに三ヵ月しか時間がない中での挙式準備は大変だったけど、その分和花さんと会う時間が増えて、距離を縮められてよかったと思ってる。尾立流の稽古も毎回さまざまな気づきがあって、この歳で新たなことを学ぶ楽しさを実感してるよ」

忌憚《きたん》のない意見を述べたつもりだが、彼女の表情はやはりどこか硬い。

それを「なぜだろう」と考える冬也に対し、和花が告げたのはあまりにも思いがけないことだった。

「このタイミングでこんなことを言うのはどうかと思ったのですが、正直に言わせていただきます。

――実はわたしには、他に好きな人がいます」

「えっ？」

「と言っても、今現在わたしとその人が恋愛関係にあるわけではありません。このあいだ冬也さんに話した『今まで恋愛経験がほとんどない』というのは嘘ではなく、その相手への気持ちはわたしの完全な片想いなんです。尾立流の家元を継ぐ都合上、わたしは結婚相手に婿入りという条件を課すのが絶対だったのですが、残念ながらその人は長男で、それを叶《かな》えるのが難しい立場にありました。ですから最初から気持ちを伝える気は毛頭なく、そんなときに冬也さんとの縁談が舞い込んで、それを受けたのです」

立て板に水のごとき口調で告げられた冬也は、ひどく混乱する。

和花が話す内容は予想外で、咄嗟に何と返していいかわからなかった。しかしそんなこちらをよそに、彼女が感情の読めない表情で言葉を続ける。

「わたしにとっての結婚は家を継ぐ子どもを作るためのもので、それ以上の意味はありません。そこで提案なのですが、入籍後に子どもを作り、無事に出産を終えたら別れていただけないでしょうか。――お願いいたします」

＊＊＊

ビストロの店内はほぼ満席に近く、周囲はカトラリーが触れ合う音やざわめきで満ちている。

そんな中、向かいに座る冬也は驚いた顔をしてこちらを見ていた。和花はそれを冷静に観察しつつ、じっと考える。

(冬也さん、すごく驚いてる。わたしが「子どもができたら別れたい」って言ったの、そんなに意外だったんだ)

和花が眞敷邸で彼と次兄の良秋の会話を耳に挟み、冬也に他に想う人がいるという事実を知ったのは、四日前の日曜日の話だ。

あれから和花は、彼との関係をどうするべきか考えた。尾立家と眞敷家、両家の合意で結納を交わしてから三ヵ月、挙式は目前に迫っていて今さら中止にはできない。

華道界の関係者には既に招待状を送付し、和花と冬也が結婚することは周知されている状態だ。

ブライダルサロンに多額の手付金も支払っており、そんな状況で結婚を取りやめるのはまったく現実的ではなかった。

(じゃあ、どうしたらいいの？　冬也さんはわたしのことを、本当に好きなわけではないのに)

見合い後に何度も顔を合わせるうち、和花は冬也に強く心惹かれていた。

彼の年上らしい落ち着きや優しい笑顔に胸が高鳴り、恋愛経験のないのを慮《おもんぱか》ってくれるところにも安心感をおぼえた。華道家としての才能も素晴らしく、これまで作った作品の写真を見せてもらったときは、思わず感嘆のため息が漏れた。

穏やかで人として尊敬できる彼となら、結婚しても上手くやっていけるに違いない。そう確信していたのに、四日前に聞いた会話でそれは無残に打ち砕かれた。

(冬也さんにとって、わたしとの結婚はきっと〝妥協〟なんだ。何らかの事情があってかつての恋人と上手くいかなかった彼は、たまたまお見合いをしたわたしで我慢しようとしてる……)

冬也に恋をしていた和花にとって、それは残酷な現実だった。

今まで自分に見せていた誠実さは偽りにすぎず、心では別の人を想っている。手を繋いだときもキスをしたときも、こちらを本当の意味で好きだったわけではなかったのだ。

彼を好きであればあるほどその事実が苦しくて、和花はこの四日間ひどく悩んだ。結婚を取りやめることができないなら、知ってしまった事実を見ないふりをするべきだろうか。

幸いというべきか、冬也はあの日和花が会話を聞いていたことに気づいていない。ならば心に蓋をして、何もなかったかのように結婚するのが最善ではないか——そんな気持ちがこみ上げ、胸の奥が締めつけられた。

（それでいいのかな。冬也さんを信じてるふりをしてそのまま結婚すれば、いつか彼はわたしのほうを見てくれる……？）

そう考えた瞬間、心に走ったのは鋭い痛みだった。

この先何十年も冬也に愛されないまま、何も知らないふりで妻の座にしがみつく。それはひどく惨めで、想像するだけで耐え難いことだ。「自分は妥協で結婚してもらっただけなのだ」という思いが拭《ぬぐ》えず、そうするうちに心から笑えなくなってしまうに違いない。

ならばどうするか。悩むうちに和花の中に芽生えたのは、「冬也の子どもが欲しい」という強い願いだった。

彼の血を引く子どもを生み育てることができたら、自分はたぶん幸せだ。たとえ冬也本人が傍からいなくなったとしても、その子の存在を支えに前を向いて生きていける気がする。

（わたしとの結婚を取りやめにできないのは、冬也さんのほうも同じのはず。だったら挙式前に話

をして、〝契約結婚〟を提案しよう）

和花が考えた流れは、こうだ。

〝実は他に好きな人がいる〟という架空の話を冬也に伝えた上で、まずは自分と結婚してもらう。そして家を継ぐための子どもを作ることを条件に結婚生活を送り、こちらが無事妊娠して出産したあと、離婚したいと提案する——そうすれば彼はフリーになり、心置きなく好きな人の元に行けるはずだ。

（結婚して二年くらい経った頃に性格の不一致を理由に別れれば、世間的にはよくある話として受け止められる。冬也さんも、好きではない女と夫婦として何十年も一緒に暮らし続ける苦痛から逃れられるんだから、決して悪い話じゃないよね）

あえて「自分は他に好きな人がいる」と告げて悪女のふりをすることを決めたのは、実は互いに同じ状況なのだとわかれば冬也の気が軽くなると思ったからだ。この結婚がギブアンドテイクの関係だと割りきれれば、和花を妊娠させることに協力してくれるだろう。そんな計算から出た言葉だった。

かくして和花は挙式の最終打ち合わせのあと、こうして話を切り出した。目の前に座る彼は驚いた顔をしていて、言葉を失っている。

和花が周囲のざわめきを聞きながら答えを待っていると、やがて冬也が口を開いた。

「改まって『話がある』というから、一体どういう内容なのかと思っていたけど。……今は正直、混乱してる」

「………」

「和花さんに好きな相手がいるというのは、初耳だ。確か君は高校時代に同級生とつきあって以来、そうしたことと縁がないまま今まできたんじゃなかったか」

彼の言葉に、和花は頷いて冷静に答える。

「そのとおりです。現在片想いしている話はあえて聞かせる必要はないと思い、そのように冬也さんに伝えました」

「その相手は、一体どういう人物なんだ。職業とか年齢は」

問い質《ただ》してくる冬也を前に、和花は目を伏せて小さく答えた。

「……答えたくありません」

元よりそんな人物はおらず、彼に話したことはすべて架空の設定のため、説明できないというほうが正しい。

言葉を濁す和花を、冬也は複雑な表情で見つめていた。その眼差しにはさまざまな感情が渦巻いているように見え、和花はじっと考える。

(他に好きな人がいるのは冬也さんのくせに、わたしを責めるような目をするなんて。男に縁がないと思っていたわたしが実は他の男のことを好きだって聞いて、癇《かん》に障った？）

それとも、「子どもを妊娠して、無事に出産できたら別れたい」などと提案する自分を、計算高い女だと思っているだろうか。

長い沈黙が続き、和花は自分の心臓が速い鼓動を刻んでいるのを意識しながら彼の答えを待つ。

すると冬也が、口を開いた。

「――話を整理しよう。和花さんは俺と見合いをしたが、実はその段階で他に好きな相手がいた。だがその人物は婿入りが無理なため、俺との縁談を進めるのを選んだ」

「……はい」

「挙式を三日後に控えた今、君は結婚を取りやめる気はない。しかしこちらに対する恋愛感情はまったくなく、ただ家の存続のために跡取りとなる子どもを生みたいという気持ちがある。無事に出産を終えたら、俺と離婚したい――そういうことだな」

「……そうです」

改めて言葉にされると自分がいかに失礼な要求をしているかがわかり、和花は膝の上でぎゅっと手を握りしめる。

こちらの提案は冬也を便利な精子提供者扱いにしているのと相違なく、彼が怒るのも無理はなかった。

（でもわたしは、この人の子どもが欲しい。心が手に入らないならせめて冬也さんの血を引く子どもを生めれば、今後の人生に意味を持たせられる気がする）

無事に出産できたら、それが男の子でも女の子でも大切に育てるつもりだ。たとえ父親が傍にいなくても、精一杯の愛情を注ごうと考えている。

他に好きな相手がいる彼にとっても、入籍前に離婚が確約されるのは決して悪い条件ではないだろう。そんなふうに考える和花を見つめ、冬也が再び口を開いた。

「――わかった。君の言うとおり、このまま結婚しよう。そして子どもを作り、無事に出産できたら別れる。それでいいかな」

あまりにもすんなりと提案を受け入れられ、和花は驚きに目を見開く。

自分から持ちかけた話であるはずなのに、彼がそれを了承した途端、胸に鋭い痛みが走っていた。

（やっぱり冬也さんは、わたしじゃない誰かのことが好きなんだ。今はタイミング的に結婚せざるを得ない状況だけど、子どもができたあとは離婚できると聞いてホッとしてる……）

冬也にしてみれば、他に想う人がいる事実を伏せて和花と結婚しようとするのはさまざまな葛藤があったはずだ。

だが和花から「子どもを生んだら離婚してほしい」と思いがけない提案をされ、数年後には円満に離婚できると聞いて、心から安堵《あんど》しているに違いない。

そんな彼にじわじわと反発心がこみ上げ、和花は冬也に向かって問いかけた。

「冬也さんは……それでいいんですか？　もし離婚になったら子どもの親権はわたしがいただきますし、その場合は養育費の支払いが発生します」

「親権は君で構わないし、父親として養育費もしっかり払う。だから心配しなくていいよ」

「子どもを作るってことは、その……〝そういうこと〟をしなければならなくなります。わたしは冬也さんにまったく恋愛感情を抱いていませんけど、子どもを生むためだと思えば我慢できますが、冬也さんはそんな相手と行為をすることが可能なんですか」

和花の切り込んだ質問に、冬也が冷静に答える。

「できるよ。夫婦になるのなら、そうした問題を切り離せない。生理的に無理な相手とは、そもそも結婚しようとは思わないし」

まるで「夫としての務めだから、君を抱くのは問題ない」と言われたような気がして、和花はかすかに顔を歪《ゆが》める。

今までの優しい態度やキスは彼にとって〝義務〟にすぎなかったのだと思い知らされ、深く傷ついていた。だがこちらの提案を受け入れてくれるなら、たとえ愛情を伴わない結婚でもする価値は充分ある。

（そうだよ。いつかこの人と、別れるのだとしても――）

冬也の血を引く子どもさえ手元に残るなら、他に何も望むものはない。

そう腹を括《くく》り、和花は唇を引き結ぶ。そして顔を上げ、彼を正面から見つめて告げた。

「ではわたしたちは、三日後に予定どおり式を挙げましょう。入籍後は人前では仲睦まじく振る舞い、一日も早く子どもを作って、出産を終えたらタイミングを見計らって離婚します。それでよろしいですか」

「ああ」

「離婚に際しては財産分与などをきちんとしますから、ご安心ください。結婚生活においてはわたしは夫となる冬也さんを立てるつもりでおりますし、華道家として尊敬する気持ちはまったく変わりません。夫婦でいるあいだは、できるだけ穏やかに過ごしたいと考えています」

「わかった」

冬也の返答は端的で無駄がなく、感情が読めない。彼が和花の瞳を見つめ返し、低い声で言った。

「俺は夫としての義務を全うし、仕事とプライベート、両方の面で君をサポートできるように努める。――これからよろしく」

第三章

朝から天候に恵まれた七月下旬の吉日、冬也と和花は予定どおり式を挙げた。

二人とも華道家という職業柄、披露宴会場の装花は自分たちでやろうと決めていたため、当日は朝の七時から会場に入って作業をし、そのあと午前九時から着付けをするというハードスケジュールだ。

装花は会場に飾る大型のアレンジメントをそれぞれひとつずつ、既成の概念を持たない〝自由花〟という型で生けることにした。テーブルに飾る小さなものは花材とコンセプトを決め、手分けをして作業をしたが、普段イベントの装花やデモンストレーションの仕事などもこなすという和花は、冬也から見て圧巻の作業スピードだった。

（あんなに手早く、同じクオリティのものをいくつも作れるのがすごい。さすがだな）

昼から執り行われた挙式は神前式で、和装姿の彼女は清らかで美しかった。

たくさんの人々に参列してもらい、式を滞りなく終えたあとは、約三十分かけて披露宴会場となるホテルに移動する。そして午後一時からの披露宴に備えて着替えを終え、冬也は控室のソファに座ってじっと考えた。

(会場の装花をしているときも、挙式のときも、和花さんは至って普通の態度に見えた。……三日前にあんな提案をしてきたのに、よく平然と振る舞えるな)

せっかく迎えた晴れの日であるにもかかわらず、冬也の気持ちは憂鬱だ。

理由は、三日前に和花からもたらされた〝契約結婚〟の提案だった。彼女は冬也に対し、「実は他に好きな人がいる」「自分にとっての結婚は跡継ぎを作るためのもので、子どもができたら別れてほしい」と発言し、あまりに予想外の言葉に冬也は絶句した。

これまで和花の態度にはそんな片鱗《へんりん》はまったくなく、むしろこちらのスキンシップに頬を染めて初心な反応をしていたため、まさに青天の霹靂《へきれき》だった。聞けば彼女は高校のときにほんのわずかな期間同級生とつきあったことがあるだけで、それ以外に異性との交際経験はないらしい。

そんな和花に、冬也は強い庇護欲を掻《か》き立てられた。彼女を大切にしたいと思い、怖がらせないように段階を踏んでアプローチを重ねてきたのに、突然の告白でそれを覆された形だ。

和花が自分以外の男を好きだという事実を告げられた瞬間、冬也は「信じられない」と思うのと同時に、激しい嫉妬《しっと》の気持ちにかられた。

(彼女が好きな男って、一体誰なんだろう。仕事で知り合った人間なのか、普段から接点があるのか)

こんなにも強い感情を抱くのは、冬也の中で和花が特別な存在だからだ。

実は冬也は、十四年前から彼女のことを知っている。そのため見合いのときが初対面ではなく、縁談が持ち上がったときは偶然の巡り合わせにひどく感慨深い気持ちになった。

だが和花にはまったくこちらに関する記憶がなく、昔の出来事を持ち出せば粘着質に思われるかと思い、あえて告げずに黙っていた。

見合い後につきあい出した彼女は、清楚で生真面目な性格の女性に見えた。尾立流の次期家元という自覚を強く持ち、立ち居振る舞いが凛としていて、言動も落ち着いている。

一緒に過ごし始めてから、冬也の中に和花への恋愛感情が湧くのはすぐだった。いかにも大和《やまと》撫子《なでしこ》という優しげな雰囲気を持ちながらも、ひとたび花に向き合うと真剣な表情を見せ、こちらが唸《うな》るような作品を作り上げるギャップに心惹かれてやまない。

結婚するのは見合いがきっかけであるものの、縁あって夫婦になるのだからいい関係を築きたい――そう思っていたのに、実は和花には他に好きな男がおり、冬也との結婚では子どもだけが欲しいという。

普通なら、そんな失礼なことを言われれば即破談にしてもおかしくないはずだ。彼女の発言はあまりにも冬也を蔑《ないがし》ろにしており、種馬扱いをした挙げ句に目的を達成したら離婚したいなど、身勝手極まりない。

（でも――）

冬也があの場で強く言い返せなかったのは、和花の瞳がひどく思い詰めているように見えたからだった。

こちらに向けられた眼差しは真剣で、言葉とは裏腹に冬也を嘲《あざけ》る色はまったくない。むしろどこか縋《すが》るような色を浮かべていて、自身の提案を受け入れてくれることを切望しているように見えた。

（こんな眼差しを向けてくるなんて、和花さんはそんなにも切羽詰《せっぱつ》まっているのか？　そもそも「他に好きな人がいる」なんて、わざわざ俺に伝えなくてもよかったんじゃ）

黙って結婚し、子どもを生んだ時点で離婚を切り出したほうが波風が立たなかったはずなのに、和花はあえてそうしなかった。

それは彼女の性格上、黙っておけなかったからだろうか。それとも他に、何か理由があるからだろうか。

「――……」

考えてもわからず、冬也はどう答えるべきか躊躇い、目まぐるしく思考した。

（彼女は見合いをする前から好きな男がいながらも、自分が尾立流を継がなければならないという理由から、婿入りできないその相手に告白するのを断念したと言っていた。つまり和花さんとその男はまだ何も始まっていないし、今後もどうにかなる予定もない）

彼女は真面目で責任感の強い性格の持ち主で、しっかりとした女性だ。そんな和花が予想外の提案をしてきたことに、冬也は強い違和感をおぼえた。

（突然あんなことを言い出すなんて、もしかしたら何か事情があるのかもしれない。わざわざ自分にとって不利なことを挙式直前に俺に伝え、「子どもが生まれたら離婚したい」と発言しなければならない何かが）

婚約者という立場を蔑ろにしたひどい言葉を投げつけられながらも、冬也は和花を嫌いになることができなかった。

もし彼女が何か困っているなら、力になりたい。できれば離婚せず、夫婦として共に生きていきたいという思いが強くあった。

冷静に考えれば、挙式を三日後に控えた状況で結婚を取りやめるのは難しい。華道界で後ろ指を差されるのは必至で、眞敷家の体面に傷がつき、家元である父は大いに恥をかくことになる。

ポイントは、和花が好きな相手と今もこの先もどうにかなる可能性は低いこと、そして彼女が子どもを欲しがっていることだ。冬也との結婚自体を嫌がっているそぶりはなく、むしろ積極性を感じて、ならば一旦彼女の提案に乗ったふりをして入籍と挙式を済ませ、正式な夫婦になった上でアプローチするのが適切なのではないかという思いがこみ上げた。

（実際に妊娠して子どもを生むまでには、時間がかかる。いくら子作りに励んでもすぐにできると

は限らないし、もしかしたら数年かかるかもしれない）

　無事に育って生まれるまではさらに十ヶ月ほどがかかり、それまでにどうにか彼女の気持ちをこちらに向けるように努力すれば、離婚せずに済む可能性は充分ある——そんなふうに考え、冬也は和花が提案した〝契約結婚〟を了承した。

（和花さんを好きですべてを手に入れたいと思っているんだから、長い目で考えよう。俺たちが入籍しなければならないというアドバンテージを最大限に利用し、離婚するまでの時間で彼女の気持ちを変える）

　冬也の反応は意外だったようで、彼女は「それでいいのか」と念を押すように問いかけてきたものの、答えはイエスだ。和花が大切で、生涯を共にしたいと思うからこそ、長期的スパンで勝負をかけるつもりでいた。

　それから三日後、冬也と彼女は予定どおりに結婚式を挙げた。白無垢姿の彼女はきれいで、伏せた長い睫毛や赤い唇が清楚さを際立たせ、参列者からも感嘆の眼差しを向けられていた。

　今日の朝は装花で忙しく、事務的なことしか話せていなかったが、挙式の直前に会った冬也が「きれいだ」と褒めると、和花は面映ゆそうに微笑んだ。その表情には棘《とげ》がなく、三日前の話し合いが嘘のようで、それを見た冬也は決意を新たにした。

（今日から俺は尾立姓で、和花さんの正式な夫だ。誰であろうと彼女を渡す気はないし、絶対に好

きにさせてみせる）

そのとき控室のドアがノックされ、廊下からウェディングプランナーが声をかけてくる。

「そろそろ披露宴のお時間です。ご新婦さまのお支度も整いましたので、会場までご案内します」

思考を一段落させた冬也は、気持ちを切り替える。そして立ち上がり、タキシードの襟《えり》を正しながら応えた。

「――今行きます」

＊＊＊

仕事の関係者など一〇〇人を超えるゲストを招待した披露宴は、盛況のうちに終わった。

会場の装花は華道に携わる新郎新婦が担当したことが司会者によって説明され、中でもひときわ目を引く二つの大きなアレンジメントが和花と冬也が作ったものだと知った招待客は、一様に感嘆の表情を浮かべていた。

（冬也さんの作品、すごかったな。お座敷用に作る小さなものとは違って、ダイナミックかつ華やかで）

今日は早朝から会場に入り、卓上花と自分の作品の両方を作らなければならなかったが、冬也の集中力には目を瞠るものがあった。

とにかく動きに無駄がなく、てきぱきと仕事をこなす。それでいて作品はとても繊細で、少し距離を置いて全体像を眺めては微調整を繰り返し、やがて出来上がったものは結婚式の披露宴にふさわしい目を引くものだった。

彼と話をしたのは三日前の木曜日で、あの日以来連絡はなかった。今日の朝、顔を合わせたときは「おはよう」と挨拶をしてくれ、態度にぎこちないところは一切なかったが、和花は冬也が何を考えているかが気になっていた。

（冬也さん、きっとわたしのこと呆れてるよね。自分とお見合いをしておきながら「実は他に好きな人がいる」「その人とは上手くいかないからあなたと結婚するし、子どもができたら別れたい」なんて、あまりにも馬鹿にしてるもの）

怒って挙式を中止にされてもおかしくなかったはずなのに、彼はなぜかこちらに対して怒りを見せず、「君の提案をのむ」と答えた。

その理由は、やはり冬也に別に想う人がいるからだろうか。和花の話を聞いた彼は「自分と同じだ」と安堵し、数年間の契約結婚を了承する気になったのかもしれない。

（尾立家《うち》に婿入りしてもらうに当たってはこちらから結納金を支払ったし、華道界の重鎮の人たちにも事前に結婚の挨拶をして義理を通してる。破談にするとなるとかなりの面倒事になるから、仕

方なくわたしの提案に乗る気になったのかな)

たとえ和花に対して強い憤りを抱いていても、挙式を取りやめるとなれば周囲への影響が大きく、今後の仕事にも差し支えかねない。

だったら数年間だけ我慢し、円満に離婚したほうがリスクは少ない——そんな判断を下したのかと想像したものの、和花は冬也の真意を直接問い質す気になれなかった。

(これでよかったんだよね? 冬也さんは好きでもない相手との結婚生活を数年で解消できるし、わたしはあの人の子どもを生める。お互いに利害が一致してるんだから)

披露宴のときの彼は均整の取れた体型にタキシードがよく似合い、見惚れるほど恰好よかった。関係者と談笑する表情はにこやかで曇りなく、いかにも幸せな新郎に見え、和花は複雑な気持ちになった。約二時間半の披露宴が終了し、ゲストの見送りなども終えて午後四時過ぎに控室に戻ると、冬也がこちらを見て言う。

「お疲れさま。披露宴の最中は緊張して、なかなか料理が食べられなかったんじゃないか?」

「は、はい」

「そう思って、プランナーさんにサンドイッチを用意してくれるようにお願いしていたんだ。フルーツもあるから、少し腹に入れるといい」

「あ、ありがとうございます」

まさかそんな気遣いをしてくれるとは思わず、和花はついまじまじと彼を見つめる。

確かに冬也が言うように、披露宴の最中は緊張とタイトなドレスのせいで、コース料理をほとんど食べられなかった。

ソファに座った和花は、勧められるがままにサンドイッチを手に取る。彼はアイスティーも注文してくれていて、その美味《おい》しさが空腹にじんわりと沁《し》みた。

（……美味しい）

そんな和花を見下ろしながら、彼が首元のネクタイを緩めつつ言った。

「このあとは、午後五時半から親族の食事会だな。それが終われば一日の行程が終了だから、もう少し頑張ろう」

「はい」

今回は二次会を開催せず、夜は互いの親族と華道界の関係者を招いた食事会を予定している。

サンドイッチを食べ終えたあと、和花はウェディングドレスを脱いで着替えをし、サロンでメイクや髪形を直した。結婚式で持ち込んだ荷物は、今夜宿泊する予定のこのホテル内の一室に運んでもらえるといい、ありがたくお願いする。

そしてタクシーに乗り込み、ホテルから十分少々のところにある赤坂《あかさか》の料亭に移動した。このときの和花の衣裳は、満開の花々をあしらった華やかな振袖姿だ。柔らかな薄紅色の地色に色とりどりの花が映え、結い上げた髪にもつまみ細工の花を飾る。

一方の冬也は紋付き袴姿《はかますがた》で、和服を着慣れた様子には堂々たる風格があり、きちんと上げた髪やすっきりした首元に男らしさを感じた。

やがて始まった食事会は、終始和やかだった。彼と二人で挨拶に赴いた他流派の家元は、酒気を帯びた顔で笑って言う。

「尾立流と眞敷流が姻戚関係になるだなんて、実にめでたいね。冬也くんも所帯を持って、これで一人前だな」

「恐れ入ります」

「和花さん、披露宴で君の装花を見たよ。次期家元にふさわしい、素晴らしい出来栄えだった」

「ありがとうございます」

約二時間の会食が終わり、店の出口で帰っていく人々を丁寧に見送る。

最後のタクシーが走り去るのを見届けると、「やっとすべてが終わった」という安堵が心に広がった。そんな和花の隣に立つ十糸子が、冬也を見上げて言う。

「冬也さん、お疲れさまでした。今日は朝から大変だったでしょうけど、すべてを滞りなく終えられてよかったですね」

「はい」

すると彼の両親も和花に向き直り、笑顔でねぎらってくる。

「和花さん、お式と披露宴、そして食事会と、それぞれ衣裳が似合っていて本当に素敵だったわ。今日は疲れたでしょうから、ゆっくり休んでくださいね」

「明日から息子は、そちらで暮らし始めます。どうぞよろしくお願いいたします」

「そ、そんな。お義父さま、お顔を上げてください」

和花が慌てて押し留《とど》める中、双方の親が挨拶をして頭を下げ合う。

ようやくそれが一段落し、タクシーに乗り込むと、ホッとため息が漏れた。走り出した車の中、ふと隣に座る冬也の膝を見つめた和花は、このあとのことを想像してにわかに緊張する。

(そうだ。このあとはホテルに戻って、エグゼクティブスイートで一泊するんだ)

仕事が忙しく、新婚旅行に行けない自分たちを慮った義父の和幹は、「挙式の日の夜くらいは贅沢をしなさい」と言って一番高い部屋を予約してくれた。

もちろん費用は眞敷家持ちで、優しい義両親に和花の中には感謝しかない。

(でも……)

初めて二人で過ごす夜とあって、和花はひどく緊張する。

しかし冬也のほうは至っていつもどおりで、こちらを意識しているそぶりは微塵もなかった。

(冬也さんはわたしより年上だし、今まで年齢相応の恋愛経験があるんだろうから、別に緊張したりはしないのかな。でも、わたしは……）

正真正銘の処女である和花には、〝初夜〟はひどくハードルが高い。だが三日前にあんな話を持ちかけた以上、「腹を括らなければ」と自らを叱咤《しった》した。

店を出て十分少々でホテルに到着し、専用のエレベーターでエグゼクティブスイートに案内される。中はまるでセレブの大豪邸を思わせるインテリアで、和花は思わず息をのんだ。

華やかなシャンデリアと高い天井、あちこちに絵画や花が飾られた空間は豪華絢爛《ごうかけんらん》で、大きな窓からは東京の夜景を一望できる。さらに冷えたシャンパンとオードブル、クラブラウンジを利用できるサービスがあり、まさに至れり尽くせりだ。

和花は室内を見回し、つぶやいた。

「すごいお部屋ですね。わたしはときどき出張でホテルに泊まることがあるんですけど、スイートルームに入るのは初めてです」

「こういう部屋で披露宴をするのも、今は流行《はや》ってるらしいよ。館内のチャペルや神殿で挙式をしたあと、披露宴会場をスイートルームにするんだ。ゲストは三十人くらいまで対応できるから、ラグジュアリーかつアットホームな式をしたいっていう女性に人気だって」

「そうなんですか」

会話が途切れ、和花は沈黙に気まずさをおぼえる。すると冬也がバスルームのほうに姿を消し、すぐに戻ってきた。

「今、バスタブにお湯を溜《た》めてる。ジェットバスもあるし、入浴剤を入れてゆっくり浸《つ》かるといい」

「あ、ありがとうございます」

先にバスルームを使わせてもらうことになり、和花は脱衣所に入る。

優雅で洗練された雰囲気の中でメイクを落とし、衣服を脱いで髪と身体を丁寧に洗った。その頃にはバスタブに充分お湯が溜まっていて、浴槽に乳白色の入浴剤を入れてゆっくり浸かる。

（どこを見ても、本当に豪華な雰囲気。冬也さんのご両親、きっとかなりのお金を使ってくれたんだろうな）

試しにジェットバスのスイッチを入れてみたところ、ブクブクと気泡が立ち始め、腰の辺りに感じる圧が心地いい。

気がつけばかなりの時間が経過していて、浴室を出た和花はドライヤーで髪を乾かした。そして少し考えて下着を身に着け、軽くメイクをしたあと、バスローブを着てリビングに戻る。すると冬也がこちらを見て、微笑んで言った。

「あんまり遅いから、もしかしたら茹《ゆ》だっているのかもしれないって心配してた」

「す、すみません。長風呂をしてしまって」

「全然。せっかくのスイートなんだから、風呂も愉しめばいい。俺も入ってくるよ」

彼がバスルームに入っていき、和花はその背中を見送る。

あまりに冬也の態度が穏やかで、どう受け止めていいかわからなかった。てっきり二人きりになったら三日前の話を蒸し返されるかと思っていたのに、そんな様子は微塵もない。むしろあの話し合いはなかったかのように、以前と同様に笑顔で接してくる。

(わたしはあんなにひどい言い方をしたのに、そんなことってある？　普通は冷ややかな態度を取って当たり前なんじゃないかな)

だが差し当たって重要なのは、このあとの時間だ。

互いに入浴を済ませたら、きっとベッドに行くことになる。はたして自分は、無事に初夜を完遂できるのだろうか。

そんな弱気な気持ちがこみ上げたものの、和花はすぐにそれを打ち消す。他の女性を好きな冬也をいずれ解放してあげるため、自分は彼の子を身籠もろうと決めた。ならば処女だからといって臆したりせず、自ら冬也を誘うくらいの気概を持つべきだ。

(そうだよ。冬也さんが戻ってきたら、わたしからベッドに誘おう。こういうことは、さっさと済ませたほうがいいもんね)

そう決意した和花は、ソファにドサリと腰を下ろし、ぐっと唇を引き結ぶ。

改めて見ると、つくづくすごい部屋だ。一流の高級家具でまとめられたインテリアはどこを切り取っても絵になり、部屋の広さは二七〇平米もあるらしい。結婚式を挙げた夜にふさわしいロマンチックな空間で、和花は「これもいつか、いい思い出になるのかな」と考える。

　そのとき冬也がバスルームから戻ってきて、ドキリと心臓が跳ねた。彼はバスローブ姿の濡れ髪で、いつもとは違うその姿に和花の鼓動が速まる。

（落ち着いて、わたし。自分から誘うって決めたんだから）

　深呼吸し、「あの」と口を開きかけた瞬間、冬也が先んじて言う。

「せっかくいいシャンパンをサービスしてもらったんだから、少し飲もうか」

「えっ」

「オードブルもあるし」

　すぐにベッドに行くものだと考えていた和花は、すっかり出鼻を挫《くじ》かれる。

　彼はミニキッチンからシャンパングラスとオードブルが載った皿を運んできて、和花の隣に腰を下ろした。そして慣れた手つきで栓を抜くと、発泡する黄金色の液体をグラスに注ぐ。

「じゃあ、乾杯」

「………」

　グラス同士をカチンと触れ合わせられた和花は、シャンパンを一口飲む。

　すると炭酸の心地よさと共に果実の爽やかな風味が口の中に広がり、思わずつぶやいた。

「美味しいです」

「そうだな。さっぱりしてて飲みやすい」

オードブルはサーモンのタルタルにクラッカーを添えたものやイワシの酢漬け、キャビアやキッシュなど、彩り鮮やかでシャンパンによく合うものばかりだ。

冬也がそれをフォークで取り、こちらに向かって差し出して「はい、あーん」と言う。和花はびっくりして首を横に振った。

「じ、自分で食べられますから」

「いいから、ほら」

ニッコリ笑ってそう言われ、断れない圧を感じた和花は渋々口を開ける。そして咀嚼《そしゃく》する様子をニコニコして見つめられ、何ともいえない居心地の悪さをおぼえた。

そんなこちらの動揺とは裏腹に、一旦フォークを置いた彼が自身のシャンパングラスを手に取って告げる。

「今日は普段会えない人たちがたくさん参列してくれて、よかったな。君は白波瀬《しらはせ》流の先代とは、面識があったのか？」

「はい。実はわたしの亡くなった父が、先代家元と先輩後輩の仲だったんです。その繋がりで、白波瀬家のお屋敷にはよく遊びに行っていました」

「なるほど」

しばらく挙式披露宴の話で盛り上がり、シャンパンが進む。

そうしながらも、和花は互いにバスローブ姿であることに落ち着かない気持ちを掻き立てられていた。自分も冬也も湯上がりの無防備な姿で、しかもリビングの隣は寝室だ。先ほど覗いてみたところ、キングサイズのベッドが置かれた寝室はロマンチックなインテリアで、いかにも挙式の夜にふさわしい雰囲気を醸し出していた。

(一体いつまでこうやって飲むんだろう。ボトルが空くまで? それともしばらく続くの……?)

緊張のあまりシャンパンを急ピッチで飲んだせいか、和花は少し酔ってきている。

酔った状態で、はたして自分は行為をやり遂げることができるのか——そんな焦りをおぼえる和花だったが、それを見た冬也がクスリと笑って言った。

「さっきからチラチラ寝室のほうを見てるけど、向こうが気になる?」

「そ、そんなことないです」

かあっと頬が熱くなるのを感じながら、和花は咄嗟にそう言い返す。すると彼がシャンパングラスを置き、こちらの頬に手を触れて言った。

「顔が赤い。もう酔ってしまったかな」

「……っ」

余裕のある冬也の態度に、和花の中でじわじわと反発心がこみ上げる。彼の手をやんわりとどけながら、和花は小さく問いかけた。

「冬也さんは、わたしに……何か言いたいことはないんですか」

「ん？」

「三日前にあんな話をしたんですから、わたしに対して怒ってるはずです。冷たくして当然なのに、以前のままの態度で話しかけてくる理由がわからないんですけど」

すると冬也が、苦笑いして答える。

「せっかくの晴れの日に、わざわざ棘のある態度を取ろうとは思わないよ。そうしたＴＰＯは弁えてるつもりだ」

「でも……っ」

「それに言っただろう、『君の提案を受け入れる』って。予定どおり結婚し、妊娠して子どもを無事出産できたら別れる。和花さんは俺に対して気持ちはないかもしれないが、対外的には仲睦まじく振る舞う――そうだろう？」

改めて言葉にされると、自分がいかに傍若無人な要求をしているのかがわかり、和花はかすかに顔を歪める。

これほどひどいことを言われているのに、穏やかに接してくる冬也の気持ちがわからない。人前はともかく、二人きりになったら冷ややかな態度になるのが普通ではないのか。

そんなことを考える和花の手を取り、彼が自分の口元に持っていく。そしてこちらの指先に口づけ、ささやいた。

「婚姻届も提出し、晴れて夫婦になった。だから俺は、夫としての役目を全うするよ」

「あ……っ」

ぐいっと腕を引かれ、後頭部を引き寄せられた和花は、冬也に口づけられる。

口腔《こうくう》にぬるりと入り込んできた舌の感触が生々しく、一気に体温が上がった。舌を絡められ、喉奥まで探られる。今まで何度かしてきたキスが嘘かと思えるくらいに濃厚に口づけられ、和花はすぐに息を乱した。

「はぁっ……」

唇を離されると、互いの間を唾液が透明な糸を引く。和花の濡れた唇を撫《な》で、彼が言った。

「――ベッドに行こうか」


冬也に腕を引かれた和花は、リビングの隣にある寝室に足を踏み入れる。

心臓がドクドクと速い鼓動を刻み、ひどく緊張していた。既に覚悟を決めていたはずなのに、つい先ほどの濃密なキスで思いのほか動揺している。

先にベッドに腰掛けた彼が、自身の隣をポンと叩《たた》いて座るように促した。ぎこちない動きでそれに従った和花は、グルグルと考えながら「あの」と切り出した。

「ん？」

「わたしたち、子どもを作るのが目的なんですから、その……キスは必要ないと思うんです。なるべく早く終わらせてほしいっていうか……あっ！」

ふいに目元に口づけられ、びっくりした和花は首をすくめる。腕をつかんで身体を引き寄せられ、頬にもキスをされて、慌てて冬也の口元を手で塞いだ。

「だから、やめてくださいって――ひゃっ！」

ペロリと手のひらを舐められ、濡れた舌の感触にゾクリとした感覚がこみ上げる。

こちらの手をつかんだ彼がそのままゆっくり舌を這《は》わせてきて、和花は淫靡《いんび》な気持ちがこみ上げてくるのを感じた。唇を離した冬也が、微笑んで言う。

「キスは必要だよ。性感を高めるのに役立つし、親密さも増す。そのほうが行為がスムーズにいく」

「そ、そうですか……？」

「ああ。――君は俺に全部任せて、素直に声を上げればいい」

ベッドに押し倒され、再び唇を塞がれる。

何度も角度を変えて口づけられるうち、和花の頭はぼうっとしてきた。覆い被《かぶ》さった彼の身体は大きく、細身に見えるのに厚みもあって、成熟した大人の男性なのだと強く意識する。

冬也の手がバスローブの紐《ひも》を解《ほど》き、合わせを開かれた。あらわになった胸のふくらみをつかみ、彼が先端を舐めてくる。

「ん……っ」

ぬるぬると舌を這わせられ、ときおり吸い上げられて、和花はピクリと身体を震わせた。

心臓が破裂しそうなほどドキドキしていて、それを誤魔化すように冬也の頭を両腕でぎゅっと抱きしめる。すると彼が胸の先から唇を離し、わずかに顔を上げて言った。

「そんなにぎゅうぎゅうされると、全然動けないんだけど」

「……ぁ、ごめんなさ……」

「胸、吸われるの気持ちいい？」

あからさまな問いかけにかあっと顔を赤らめ、和花はしどろもどろに答える。

「わ、わかりません……」

「そっか。じゃあわかるまでしないとな」

それから執拗《しつよう》に舐めたり吸ったりされ、和花は息を乱した。

舌で押し潰すように舐めるのはもちろん、ピンと弾かれたり強く吸われると思わず身体が跳ね、声を我慢することができない。

気づくと脚の間が熱くなっていて、下着が濡れているのがわかった。和花は冬也の肩をつかみ、涙目で訴える。

「も、もういいですから……してください」

「まだだよ。和花さんは初めてなんだから、うんと慣らさないと」

目元にあやすようにキスを落とす彼のしぐさは、ひどく甘い。

冬也の手が下着に触れ、中に入ってきた。花弁を割った指が愛液でぬるりと滑り、和花は身の置き所のないほどの羞恥を味わう。

処女のくせにこんなに濡れている自分を、きっと彼ははしたないと思うに違いない。だが冬也を好きな和花は、触れられて感じるのを止めることができなかった。何度か割れ目をなぞった彼が、和花を見下ろして言う。

「――指、挿《い》れるよ」

「あっ……！」

蜜口から指が押し入ってきて、和花は高い声を上げる。

隘路《あいろ》を何度か行き来され、痛みはないものの、硬いその感触が強烈な違和感を醸し出して肌が粟《あわ》立《だ》った。和花の中を探りながら冬也が胸の先に吸いついてきて、ビクッと身体が震える。

両方をいっぺんにされるのは刺激が強く、上気した顔で喘《あえ》ぎながら考えた。

（どうしよう、すごく恥ずかしい。わたしばかり一方的にこんな……）

彼の態度には余裕があり、それを目の当たりにした和花は、「きっと経験値の差なんだ」と考える。おそらく冬也には過去に何人もと交際経験があって、行為自体に慣れているのだろう。年齢的なことを考えればそれは当たり前なはずだが、和花は見知らぬ相手に焼けつくような嫉妬をおぼえる。だが彼の〝妻〟は、自分だ。たとえこの結婚生活が限りあるものだとしても、離婚するまでのあいだだけは冬也を独占する権利がある。

そう考えた和花は、彼の顔を両手で引き寄せて自ら唇を塞いだ。すると冬也が驚いたように目を見開き、すぐに応えてきて、口づけが熱を帯びる。

「……ぅっ……ん、……ふ……っ」

そうしながらも彼の指が相変わらず体内を穿《うが》っていて、淫《みだ》らな水音が聞こえ始める。ゴツゴツとした指が隘路を行き来する感触に、じんわりと肌が汗ばんだ。挿れる本数を増やされると一気に圧迫感が増して、和花は思わず小さく呻《うめ》く。すると冬也がすぐに指を引き抜き、驚いて呼びかけた。

「冬也さん……？」

彼が身体の位置をずらし、和花の下着を脱がせる。

そして脚を大きく開かせるとそこに顔を埋めてきて、あらぬところに感じる濡れた感触に声を上げた。

「やぁ……っ！」

ぬるついた舌が花弁を舐め上げ、溢れ出た愛液を啜《すす》る。

敏感な花芽を押し潰されると甘い愉悦がこみ上げ、和花は腰を跳ねさせた。冬也がこちらの太ももを両腕で抱え込み、ますます激しく舌を這わせてきて、和花は身も世もなく喘ぐ。

「ぁっ……あ、は……っ……ぁ……っ」

何とか彼の動きを押し留めようと腕を伸ばすものの、冬也はまったく動じない。

和花の脚の間に顔を埋めたまま彼が視線だけを上げてきて、欲情を押し殺した瞳を見た和花は頭が煮えそうになった。冬也の整った顔がそんなところにある様子は視覚的に和花を煽《あお》り、羞恥とは裏腹に反応するのを止められない。

隘路が断続的に震え、奥がきゅうっと窄《すぼ》まる。やがてひときわ強く花芽を吸われた瞬間、頭が真っ白になるような感覚が突き抜け、和花は達していた。

「はぁっ……」

抱え込まれた腰がビクッと跳ね、一気に緊張が弛緩する。

呼吸がひどく乱れていて、肌は汗ばみ、甘い余韻にぐったりとシーツに沈み込んだ。すると彼が口元を拭いながら身体を起こし、自身のバスローブの紐を解く。

緩んだ合わせから引き締まった上半身が見え、和花はドキリとした。冬也がそのまま下着をくつろげ、隆々と兆《きざ》した性器があらわになる。

その形状は雄々《おお》しく、丸みを帯びた先端部分にはわずかに切れ込みが入っていて、太い幹の表面に血管が浮き出ているのが見て取れた。

「ぁ……」

一気に頬が熱くなり、和花はさっと視線をそらす。初めて目にした男性器は卑猥《ひわい》な形をしていて、想像以上の質量があるように見えた。

にわかに怖さがこみ上げ、ここから逃げ出したい気持ちにかられる。そんな和花を見下ろし、冬也が問いかけてきた。

「もしかして、怖い？」

「あの……男性のを初めて見たので、わたし……」

「そっか。じゃあ触ってみる？」

こちらの手をつかんだ彼がおもむろに昂《たか》ぶりに触れさせてきて、和花はその硬さに息をのむ。

薄い皮膚の下は張り詰め、じんわりと熱を持っていて、しかもかなり長大だ。軽く握っただけで相当な質量があるのがわかり、和花は青ざめた。

（こんなに大きいのが、ちゃんと入るの？　無理なんじゃ……）

だが冬也の子どもが欲しいという気持ちに変わりはなく、ここは必ず越えなければならないハードルだ。そう考えた和花は、己の心を奮い立たせる。そして彼を見つめて問いかけた。

「冬也さんのは、その……普通と比べて大きいんでしょうか」

「どうだろう。人並みの範囲じゃないかなとは思うけど」

「だったら――わたしは大丈夫なので、してください」

するとそれを聞いた冬也が、確認するように言う。

「いいのか？　子どもを作るなら避妊をしないことになるけど、君はそれで本当に後悔しないか」

「しません。だってわたしは、冬也さんの妻なんですから」

強い決意を込めて答える和花を、彼がじっと見つめてくる。

どこか複雑な色を浮かべた眼差しを向けていた冬也だったが、やがて小さく息をついた。そして和花の膝をつかんで言う。

「わかった。――じゃあ、続けるよ」

こちらの脚を押し広げた彼が、その間に身体を割り込ませてくる。

蜜口に昂ぶりの切っ先をあてがわれた和花は、緊張して息を詰めた。屹立《きつりつ》の先端で愛液を塗り広げるように割れ目を行き来させられ、呼吸が乱れる。

やがて蜜口に強い圧がかかり、剛直がぐぐっと中に入り込んでくる。強烈な圧迫感に、和花は思わず呻いた。

「うぅっ……」

丸い先端部分をのみ込んだあと、幹がじわじわと埋められていく。

いっぱいに拡《ひろ》げられた入り口が痛み、内壁も鈍痛を訴える。ぐっと息を詰めることで耐えようとする和花を見下ろし、冬也がささやいた。

「できるだけ、力を抜いたほうがいい」

「……ぁ……」

少しずつ中に入り込んでくるものの質量が苦しく、目に涙がにじむ。

根元まで受け入れたときには身体がすっかり汗ばんでいて、内臓がせり上がるような感覚に浅い呼吸しかできなくなっていた。それを見下ろした彼が、押し殺した声で言う。

「――動くよ」

ズルリと腰を引かれ、再び楔《くさび》を奥まで埋められる。

何度かそれを繰り返すうちに少しずつ愛液がにじみ出し、冬也の動きが容易になってきた。一分の隙もなく密着した内壁が、彼の太さや大きさ、熱までをもつぶさに伝えてきて、じんじんと疼《うず》いて仕方がない。

涙のにじんだ目を開けると、こちらを見下ろす冬也と目が合い、欲情を孕《はら》んだその眼差しに釘《くぎ》づけになった。普段は涼やかな彼がひどく男っぽく見え、胸がきゅうっとする。

（ああ、どうしよう、わたし……）

冬也に他に想う相手がいるのだとしても、自分は彼が好きだ。

たとえ冬也の中で自分が一番ではなくとも、今こうして抱かれていることに後悔はない。そう思った瞬間、体内にいる彼を強く締めつけてしまい、冬也がぐっと顔を歪める。

彼が熱い息を吐いてつぶやいた。

「駄目だな。生身でするのが初めてだから、気を抜いたらすぐに達《い》ってしまいそうだ」

「……っ」

それはもしかして、自分との行為に快感を得ているということだろうか。

そんなふうに考える和花に冬也が覆い被さり、汗で髪が貼りついた額にキスをしてくる。彼の唇は目元、頬にも落とされ、甘いしぐさに胸がいっぱいになった。

こちらの乱れた髪を優しく撫でた冬也が、和花の目を見て問いかけた。

「悪いけど、もう少しつきあってもらってもいいか」

「は、はい」

身体を密着させ、腰をぐっと押しつけられて、和花は「んっ」と声を漏らす。

彼がこちらの上半身を抱きしめ、胸の先端を舐めながら律動を開始して、和花は切れ切れに喘いだ。どこにも逃げ場がない状態で突き上げられ、胸を吸われて、屹立をビクビクと締めつける動きが止まらない。

「あっ……はぁっ……ぁ……っ」

互いの肌が汗ばみ、べたついている。和花の嬌声《きょうせい》と冬也の息遣いで、室内は濃密な空気に満ちていた。

徐々に速まっていく突き上げに、考えることすら覚束《おぼつか》なくなる。何度か深く自身を打ち込んだあと、彼が和花の身体をきつく抱きしめ、ぐっと息を詰めて熱を放った。

「……っ」

「ぁ……っ」

最奥に切っ先を押し当て、ドクリと射精されて、和花は喘ぐ。

わななく内襞《うちひだ》が楔に絡みつき、搾《しぼ》り取るような動きをしていた。すべてを吐き出した冬也が充足の息をつき、痛いくらいに抱きしめていた腕の力を緩める。

息を乱してぼんやりと彼を見つめた和花は、頭の隅で考えた。

（……終わった……？）

冬也のほうも荒い呼吸をしながら、こちらを見下ろしている。彼が和花の頬を撫で、唇を塞いできた。

「ん……」

ゆるゆると絡められる舌の感触が優しく、触れ合う肌から気遣いを感じる。

冬也と無事に行為を終えられたことが、まだ信じられなかった。すると体内に挿入《はい》ったままのものでぐっと奥を突き上げられ、和花は思わず声を漏らす。

「あっ……！」

何度かそうして動かされるうち、屹立が徐々に勢いを取り戻してくるのがわかり、和花は彼の二の腕をつかんで慌てて押し留める。

「冬也さん、待っ……」

ついさっきまで処女だったのに、立て続けに二度もされるのはきつい。

そんな言外の訴えを感じ取ったのか、冬也が動きを止める。そして和花の髪に口づけると、小さく息をついて言った。

「ごめん、調子に乗りすぎた。抜くよ」

「んん……っ」

ズルリと剛直を引き抜かれ、内壁を擦られる感触に和花は呻く。

途端、中に出された精液が溢れ出て、シーツを濡らした。ベッドサイドからティッシュを取った彼が後始末をしてくれ、こちらの身体を抱き込んで横になりながら問いかけてくる。

「身体、つらくないか？」

「あの、ちょっと痛いというか、じんじんします……」

「そうだよな。でも俺はうれしい、こうして君を抱くことができて」

抱きしめる腕に力を込め、髪に鼻先を埋めながらそんなことを言われて、和花の頬が赤らむ。

冬也の言葉も、事後にこうして抱きしめるしぐさも、まるで本当に初夜を済ませた〝夫婦〟のようで、戸惑いがこみ上げていた。

（冬也さんは、わたしとして本当にうれしかった？　……そんなの信じられない）

他に想う相手がいるはずなのに、彼は義務で抱いたはずの和花に対して優しい。

先ほどの行為に乱暴なところはまったくなく、むしろ終始気遣いを感じた。それをうれしく思う気持ちはあるものの、どちらかといえば困惑のほうが強く、和花は冬也の胸に顔を埋めながら考える。

（わたしが「夫婦でいるあいだは、できるだけ穏やかに過ごしたい」って言ったから？　だから冬也さんは、刺々しい態度を取らずに優しくしてくれるの……？）

そんな和花を抱きしめる力を緩め、彼がこちらの顔を見つめて言う。

「もう一度、風呂に入ってきたらどうかな。汗をかいたし、ジェットバスでゆっくり身体を解せば疲れも和らぐ」

「は、はい」

「明日からマンションで二人暮らしが始まるけど、ストレスを溜めないよう、できるだけ話し合いを密にしていこう。そのほうが早く妊娠するかもしれないし」

「……っ」

その発言を聞いた和花は、改めて自分たちの結婚が〝契約〟であることを再確認する。

自分が妊娠し、無事出産すれば、冬也との結婚生活は終了する。それはこちらから提示した条件であるはずなのに、彼の言葉はまるで早く離婚できるのを待ち望んでいるかのようで、胸の奥がズキリと痛んだ。

（冬也さんがわたしに優しくするのは、きっとストレスで妊娠しづらくなるのを防ぐためなんだ。

——だったら勘違いしちゃいけない）

先ほどの行為で受精していれば、早ければ一年後には冬也と離婚せざるを得なくなる。

子どもが欲しい気持ちに嘘はないのにその事実が苦しく、和花はかすかに顔を歪めた。だが意図して表情を取り繕い、彼から身体を離すと、床に落ちていたバスローブを拾う。

そしてそれを胸元に引き寄せ、微笑んで言った。

「そうですね、お気遣いありがとうございます。わたし、お風呂に入ってきますから」

「ああ」

ベッドから下りて立ち上がった瞬間、体内から精液が溢れ出る感触がして、太ももを濡らした。

それに気づかないふりをしながら、和花はバスルームに入り、ドアを閉める。一人きりになるとぐっと苦しさが増して、目の前の大きな鏡を見つめた。

（わたしが自分で選んだ道なんだもの、後悔はしない。……いつか冬也さんを解放してあげるんだから）

だがしばらくは、彼の〝妻〟という地位に甘んじてもいいだろうか。

身体の奥には、先ほどの行為の余韻が色濃く残っていた。バスローブの前を掻き合わせ、脚の間を伝っていく情事の残滓《ざんし》を感じながら、和花はしばらく動けずその場に立ち尽くしていた。

第四章

尾立流華道教室は新宿区市谷《いちがや》田町《たまち》にあり、広大な日本家屋の隣に教室が併設されている。

純和風の邸宅で美しい庭を眺めながら華道を学べるとあって、教室として人気が高い。家元の他に六人の講師がおり、初級者から上級者まで対応していて、月に三回の受講がスタンダードだ。

しかし希望すれば月に六回まで増やせ、都合に合わせて好きな時間帯を選ぶことができる。約二時間の講座はあらかじめカリキュラムが決められており、その内容を見て生徒がどれを受けるかを自由に決められるようになっていた。

受講料は初心者向けが一番安く、昇級するにつれて少しずつ高くなっていく。仕事が忙しくて不定期にしか通えない人のことも考え、一回ごとのチケット精算や月謝制、全受講料と許状申請料を併せた一括払いなど、さまざまな支払い方法を用意していた。

和花が提示するテーマは二十四節気《にじゅうしせっき》になぞらえることが多く、今日の講座は〝大暑《たいしょ》・茶花《ちゃばな》のあしらい〟だ。時節についての説明や投入と呼ばれるシンプルな生け方、籠《かご》を使ったあしらいなどのデモンストレーションの他、生徒それぞれのレベルに合わせた丁寧な指導をする。

生徒は学生や主婦、サラリーマンや高齢者など年齢層が幅広いものの、圧倒的に女性が多い。午前十時からの講座に訪れるのは主婦層や高齢者が主だが、今日の彼女たちの視線は初めて見る冬也に釘づけだった。それを見た和花は、「無理もない」と考える。

（今までわたしの講座で、他の人が指導助手に入ったことはなかったもんね。それにしても……）

和花は講座のときはいつも和服を着ているが、冬也は白のボタンダウンシャツに黒のテーラードジャケットという、オフィスカジュアルな恰好だ。

服装はシンプルであるものの、彼の長い手足や均整の取れた身体つきを引き立てている。それに加え、冬也は端整な顔立ちの持ち主だ。清潔感のある長さの黒髪、涼やかな目元、きれいに通った鼻梁《びりょう》とシャープな顔の輪郭など、女性たちが好奇の視線を向けるのも頷ける。

時間になり、席についた生徒たちを見回した和花は口を開いた。

「おはようございます。本日のテーマは、〝大暑・茶花のあしらい〟です。一年を二十四分割し、それぞれに季節を表す言葉を名づけたものを〝二十四節気〟と言いますが、大暑とは読んで字のごとく一年でもっとも暑い時季を指します。この時節についての説明、そして暑い時季にふさわしい涼やかな花の生け方について勉強していきましょう」

そこで一旦言葉を切った和花は、改めて口を開く。

「そして皆さんにご報告なのですが、私事ですが結婚いたしました。主人には今日からわたしを含めた各先生方の指導助手として入ってもらい、尾立流の師範の資格が取れ次第、正式な講師となる予定です」

　すると生徒たちが目を瞠り、口々に「おめでとうございます」と言って拍手をする。和花は気恥ずかしさをおぼえながら「ありがとうございます」と応え、冬也に目線で促した。

　すると彼は正座のまま一歩前にいざり出て、明朗な声で告げる。

「尾立冬也と申します。これまでは眞敷流の師範、そして華道家として活動しておりましたが、このたび縁あって和花先生と結婚いたしました。他流派での経験を活かし、指導助手として教室の運営に携わる予定でおりますので、どうぞよろしくお願いいたします」

　生徒たちが拍手で応え、和花は早速講座を始める。

　デモンストレーションを経て実践に入ると、冬也は和花の目が行き届かないところを補う形で生徒たちの間を回り、簡単な指導をしていた。彼の説明は尾立流のやり方をしっかり踏襲しており、話し方も丁寧で、それを見た和花は内心「教え方が上手だな」と考える。

（指導が的確で、わたしが講座の中で教えたポイントを押さえてる。やっぱり師範の資格を持ってるだけあるんだ）

　彼の左手の薬指に銀色の結婚指輪が嵌《は》まっているのが見え、和花はそこからパッと目をそらす。

冬也と結婚式を挙げたのは、昨日の話だ。挙式と披露宴、親族の食事会を終えたあとにホテルのスイートルームに宿泊し、名実共に夫婦となった。

昨夜彼の手がどんなふうに自分に触れたか、その熱を思い出した和花はじんわりと頬を赤らめる。この結婚は〝契約〟で、いつかは終わる予定のはずなのに、冬也は終始優しかった。

（ああ、もう。仕事中なんだから、こんなこと考えてちゃ駄目）

意図して意識を切り替えた和花は、真剣な表情で生徒たちの指導に当たる。

やがて二時間の講座が終わり、生徒たちは花袋に今日使った花を入れ、帰り支度を始めた。和花が自分の仕事道具やテキストを片づけていると、冬也が数人の生徒に話しかけられているのが見える。彼が穏やかに対応すると、生徒たちは笑顔で頭を下げて帰っていった。その後、昼休憩のために母屋に戻った和花と冬也を、十糸子がにこやかに迎え入れる。

「冬也さん、お疲れさまでした。初めての指導助手はいかがでした？」

義母である彼女の問いかけに、冬也が微笑んで答えた。

「滞りなく終わりました。生徒さんたちは皆さんとても熱心でしたし、今後別の先生の講座を見るのも楽しみです」

「そうね。同じ流派でも、講師によってそれぞれの個性が出ますからね」

家政婦が用意してくれた昼食を、三人で囲む。十糸子は前日の挙式と披露宴の話題を数多く振り、ずっと喋りどおしだった。しかし時刻が午後一時を過ぎると、「いけない」と言って席を立つ。

「私、これから催事の打ち合わせに行かなきゃいけないのよ。和花、何かあったら電話をくれる？」

「うん」

「では冬也さん、午後も頑張ってくださいね」

十糸子が笑顔で去っていき、ダイニングには和花と冬也だけが残される。

彼は食後のお茶を啜っていて、和花はぎこちなく問いかけた。

「冬也さん、次は午後二時からの講座の補佐に入っていただきますが、それまでは休憩時間ですから休んでください。お部屋にご案内します」

ダイニングを出て廊下を進んだ和花は、今まで客間として使っていた和室の襖を開けて言う。

「これから仕事の合間に休憩をするときは、この部屋で休んでください。母と話し合って、ここは冬也さんの私室のように使っていただこうと決めたんです。テレビもありますし、もし飲み物などが欲しい場合は、家政婦の高野さんに気軽に声をかけてくださればすぐに用意できます。あ、もちろん昼寝をしても大丈夫です、襖を勝手に開けないように言ってありますので」

婿入りしてきた冬也にとっては、まだこの屋敷は居心地が悪いだろう。

だがなるべくなら、我が家のようにくつろいでほしい。そんなふうに考えながら和花が早口でそう告げると、彼が微笑んで言う。

「君とお義母さんの気遣い、うれしいよ。ありがたく使わせてもらう」

冬也が喜んでくれていることにホッとしながら、和花は踵を返して告げた。

「じゃあ、わたしはこれで」

「――待ってくれ。和花さんはこれから何を？」

ふいに手首をつかんで引き留められた和花は、ドキリとしながら答える。

「あの……自分の部屋で休憩しようと思ってますけど」

「だったらここで休むのはどうかな。俺は君と、話がしたい」

そう言われると断れず、和花は促されるまま座布団に腰を下ろす。

すると床の間に視線を向けた彼が、そこに飾られた花を見て言った。

「あの花を生けたのは、ひょっとして和花さん？」

「そうです。わたし、いつも仕事に入る前に一人で花生けするのを日課にしていて」

「すごくいい。黒い釉薬《ゆうやく》が掛かった小壷《こつぼ》に、野州花石昌《やしゅうはなせきしょう》の可憐《かれん》な花と時計草の奔放な蔓《つる》が映えている。大暑の頃にふさわしい、涼やかな作品だ」

褒められた和花は、面映ゆさをおぼえる。冬也が「ところで」と言って、こちらを見た。

「今日の夕食はどうする？　俺は午後六時に教室が終わったら帰っていいと言われたけど」

「わたしは午後五時から、尾立流が刊行している雑誌の打ち合わせがあるんです。それが終わり次第なので、もしかしたら帰宅は午後七時を過ぎるかもしれません」

　尾立流は毎月、華道にまつわるコラムや月ごとの特集、講師たちの作品展の告知などを載せた雑誌を刊行しており、和花はその編集に携わっている。それを聞いた彼が、意外そうに言った。

「他流派が刊行している書籍や雑誌は俺もなるべく目を通すようにしていたけど、尾立流は和花さんが編集業務に関わっていたのか。全然知らなかった」

「はい、四年前からです。協力してくれている出版社さんは長いつきあいで、打ち合わせや撮影はすごく楽しいですよ」

　すると冬也が、「じゃあ」と言葉を続ける。

「俺は仕事が終わったら、先にマンションに戻るよ。打ち合わせが終わる時間に連絡をくれれば、俺の車で迎えに行くけど、どうする？」

「だ、大丈夫です。そんなに遅くならないはずですし、冬也さんだって仕事で疲れてるんですから」

　休憩時間はあと一時間弱あったが、そのあいだ和花は過去の尾立流の雑誌を持ってきて冬也と二人でそれを眺め、彼の感想を聞いているうちに休憩時間が終わった。

　その後、午後二時から四時までの講座をこなし、三十分ほど事務仕事をする。そして公共交通機関を使って墨田《すみだ》区《く》錦糸町《きんしちょう》にある出版社に赴き、雑誌の内容を綿密に打ち合わせた。

　終わったのは午後六時半で、外に出るとムッとした蒸し暑さを感じる。今日の日中の気温は三十四度で、まだ八月になっていないのに既に盛夏の様相を呈していた。

（まあ、昨日から〝大暑〟だしね……）

錦糸町から自宅マンションの最寄り駅である飯田橋《いいだばし》駅までは、三十分もかからない距離だった。

総武《そうぶ》線の電車に乗り込み、ドアの傍に立って外を眺めながら、和花はこのあとのことをじっと考える。昨日は挙式披露宴のあとにホテルに泊まったため、今日から新居のマンションでの二人の生活がスタートだ。

生活に必要なものはすべて揃っているものの、実家から持ち込んだ衣類やこまごました私物の収納はまだ済んでおらず、まずは片づけから始めなければならない。

（冬也さんの私物も個室に入れたままで手つかずだったから、今頃片づけてるのかな。晩ご飯、どうしよう）

実は和花は、料理が苦手だ。実家には生まれたときから家事全般をしてくれる家政婦がおり、幼少期より華道の他に茶道や習字などを習っていた和花は、料理をする機会がなかった。挙式の前に洗濯機の使い方や掃除などは覚えたものの、料理だけはなかなか上手くできず、正直頭が痛い。

（わたし、冬也さんに「料理ができない」って言ってないんだよね。でももう結婚したんだし、ちゃんとしないと）

とりあえず今夜はデリバリーを頼み、今後は本を見ながら頑張るしかないだろうか。

そんなふうに結論づけた和花は、今日から始まる夫婦二人きりの生活を想像し、複雑な気持ちになる。昨日の冬也は終始優しく、今朝目覚めたときも「身体はつらくないか」と気遣ってくれた。

二人でルームサービスの朝食を取ったあとは午前九時に出勤し、まずは事務員が用意した雇用契約書にサインしてもらった。そして母屋と華道教室を順番に案内して回り、他の講師にも紹介したのちに十時から講座に入ったが、彼の仕事ぶりは申し分ない。

眞敷流の師範の資格を持つ冬也は教え方が上手く、生徒の修正点を的確に指摘していた。花材や貸し出し用の花鋏を揃えたり、水切り用のボウルを人数分用意したりという作業もてきぱきとこなし、指導助手としての仕事を目の当たりにした他の講師も「さすがですね」と感心していた。

昼休憩のときは和花を部屋に引き留め、一緒に尾立流が刊行している雑誌を見たが、彼の態度は穏やかで何のわだかまりもないように見える。

それは「婚姻期間中は、できるだけ穏やかに過ごしたい」というこちらの意向に沿っているからだと思われるが、和花は冬也の真意を図りかね、やきもきしていた。

（本当は他の人のことが好きなくせに、わたしとは期間限定の関係だから優しくできるの？　それとも元々女性に対してそうやって振る舞うのは、冬也さんにとって普通ってこと？）

そんなふうにモヤモヤしながら、和花は自宅マンションに帰宅する。

エレベーターで二十九階まで上がり、緊張しつつ玄関の鍵を開けた。すると三和土《たたき》には冬也の靴が揃えて置いてあり、鼻先を料理の匂いがかすめる。

「おかえり」

リビングのドアが開いて彼が姿を現し、和花はドキリとしながら答える。

「ただいま戻りました」

「もう少し遅くなるかと思ってた。遠慮せずに電話をしてくれれば、車で迎えに行ったのに」

「そんな、ご迷惑ですから」

「迷惑なわけないよ。夫が妻を迎えに行くのは、全然珍しくないだろう」

自分たちが夫婦であることをアピールされ、和花は何ともいえない気持ちになる。靴を脱ぎ、リビングに向かいながら、遠慮がちに問いかけた。

「あの、お夕飯をどうしようか決めてなかったんですけど、もしかして……」

「今、作ってるよ。もう仕上げの段階だ」

あまりに思いがけない答えに驚き、和花はキッチンを覗き込む。

「作ってるって、あの、冬也さんがですか？」

「そうだよ。和食にしたけど、調味料の類が一切ないのを失念してて、結局二回も買い物に出掛ける羽目になった。スーパーがマンションのすぐ傍にあって、助かったよ」

確かにキッチンのＩＨコンロには鍋が二つ置かれ、いい匂いが漂ってくる。冬也が微笑み、和花に向かって言った。

「着替えてきたら？　すぐに用意するから」

促されるがままに寝室に入り、和服を脱ぐ。まさか彼が料理をしてくれているとは思わず、ひどく恐縮していた。

（どうしよう。早く着替えて、手伝わないと）

とはいえ和服は何枚も重ねているために脱ぐのが手間で、しかも着物を衣桁《いこう》に掛けてブラシを掛けたり、帯を畳んだりと手入れに時間がかかる。和花が着替えてリビングに戻ったのは、約十分後だった。するとダイニングのテーブルには既に料理が並んでおり、冬也がこちらを見て言う。

「座って。ビールでも飲もうか」

「あの、……はい」

テーブルの上に並んでいるのは、バランスのいい献立だった。

鯖《さば》のおろし煮、ブロッコリーとベーコンのガーリック炒《いた》め、蛸《たこ》とわかめの酢味噌和《すみそあ》えの他、大根と油揚げの味噌汁と炊き立てのご飯、デザートにさくらんぼまである。

和花は呆然《ぼうぜん》とつぶやいた。

「これ、本当に冬也さんが一人で作ったんですか？」

「ああ。大学時代に独り暮らしをしていて、その頃に料理に嵌まったんだ。久しぶりに作ったから、ちょっと時間がかかってしまった」

　とはいえ鯖のおろし煮は基本的な調味料の組み合わせで、炒め物は材料を切って炒めるだけのため、すぐに出来上がるらしい。蛸も茹《ゆ》でてあるものを買ってきていて、さほど手間はかかっていないのだという。

「……いただきます」

　箸を手に取った和花が遠慮がちに鯖のおろし煮を口に運ぶと、滋味豊かな大根おろしと生姜《しょうが》の風味がふわっと広がり、文句なしに美味しかった。

　ブロッコリーは歯ごたえを残して炒めているために食感がよく、塩加減が絶妙だ。酢味噌和えは酸味のおかげでさっぱりと食べられ、いい口直しになっていて、感嘆しながらつぶやいた。

「どれもすごく美味しいです。まるでプロの人が作ったみたいで」

「家庭料理だよ。この程度のものでよければ、これからは俺が先に帰ったときは夕食を作ろうと思うんだけど、どうだろう」

　冬也の提案にドキリとした和花は、恥じ入りながら「……あの」と口を開く。

「実はわたし……その、お料理が苦手で。掃除や洗濯はできるようになったんですけど、料理は上達しないまま結婚してしまったんです。本来は交代でキッチンに立つべきですが、冬也さんと同じレベルを求められてもお応えできないというか」

「――……」

「あのっ、努力したいという意欲はあるんです。本を見ながらになるので時間がかかるかもしれませんし、手の込んだものは作れないかもしれませんけど、それでもやる気はありますから。だからどうか、長い目で見守ってください。お願いします」

するとそれを聞いた彼が小さく噴き出し、楽しそうな顔で言う。

「何で謝るの？　人には向き不向きがあるし、和花さんが苦手で俺が得意ならちょうどいいんじゃないかな。お互いに仕事をしてるし、一緒に暮らすなら協力していかなきゃいけないんだから、フォローし合えば何の問題もないよ。時間が合うときに、俺が少しずつ教えればいい」

「でも、それだと冬也さんの負担が……」

「一緒に何かをするのは、負担じゃなく愉しむ機会だと俺は思ってる。そんな肩肘張らずに、適度に力を抜いていこう」

こちらに罪悪感を抱かせない言い方に、和花は胸がいっぱいになる。

まさかこんなふうに気遣ってもらえるとは思わず、どう反応していいかわからなかった。冬也が「さあ、食べよう」と促してきて、食事を再開する。料理を口に運びながら、和花は「彼に甘えすぎてはいけない」と心の中で己を戒めた。

（冬也さんはこんなふうに言ってくれるけど、この人だけに負担がかからないように家事を頑張ら

ないと。聞こえのいい言葉をそのまま鵜呑《うの》みにしたら、きっとすぐ愛想を尽かされちゃう）

そう考えた和花は、後片づけを率先してやった。

使用済みの食器の汚れを落とし、食器洗い洗浄機に入れる。フライパンや鍋も洗い、シンクを丁寧に磨いたが、二人でやるとすぐに終わってしまった。その後は互いの私物を部屋にしまおうということになり、和花はクローゼット、冬也は六畳の個室でそれぞれ作業する。

このマンションの間取りは２ＬＤＫで、リビングは十八畳あり、マスターベッドルームは十畳、六畳間、二畳のウォークインクローゼットと水回りという造りになっていた。それぞれに個室を作るかどうかは悩んだものの、和花の私物は衣類やメイク道具くらいしかなく、仕事に関係する道具や書籍、着物の大半は実家に置かれている。

そのため、六畳間を冬也の私室とし、和花はリビングと寝室があればいいという結論に落ち着いた。段ボールの中の衣服を畳んで棚に収納したり、ハンガーに掛けて吊るしながら、「衣装ケースが必要だな」と考える。

（実際に暮らしてみないと、必要なものってわからないんだな。忘れないように、スマホのメモに書いておこう）

スマートフォンを開き、せっせと足りないものをメモしていると、ふいに冬也が顔を出す。

「風呂が沸いたよ。今日の作業はそこまでにして、先にどうぞ」

「あっ、はい。すみません」

慌ててスマートフォンを閉じた和花は、バスルームに向かいながら「お風呂を沸かすという工程があったのか」と頭の隅で考える。

これまではすべて家政婦がしてくれていたため、自分主体で生活をするという意識に欠けていた。本来は何をするにもその準備が必要であり、今後は浴室の掃除やお湯を溜めるという作業を忘れてはならないと肝《きも》に銘じる。

（自宅でのタスクをスマホのスケジュールに入れて、忘れないようにアラームをかけようかな。うん、そうしよう）

脱衣所に入った和花は、着替えやタオルを用意する。そして衣服を脱いでバスルームに入ると、入浴剤のいい香りのするお湯が白い湯気を立てていた。

シャワーヘッドを手に取り、温度を調節する。そのとき脱衣所から声が響いた。

「風呂、俺も一緒に入っていいかな」

「えっ」

あまりに意外なことを言われ、和花は一瞬思考が停止する。

咄嗟に言い返せずにいると、「入るよ」という言葉と共にドアが開き、裸の冬也が入ってきた。

和花は狼狽《ろうばい》し、シャワーヘッドを持ったまま声を上げる。

「ちょっ、冬也さん、何で――」

「何でって、二人同時に入れば時短になるかなって。それに俺たちは夫婦で新婚なんだから、一緒に入るのは別におかしくはないだろう」

和花は急いで彼に背を向け、シャワーを止めながら早口で言う。

「いくら夫婦だからって、こんなの困ります。わたしは出ますから、冬也さんは一人で入ってください」

「つれないな。『婚姻期間中は、できるだけ穏やかに』って言ったのは、君のほうなのに」

「それは、そうですけど……」

冬也が背後から腕を伸ばし、ボディソープのポンプを押して手のひらに出す。

そして両手に広げると、和花の身体を後ろからすっぽり抱き込んで言った。

「マッサージがてら、俺が身体を洗うよ」

「じ、自分で洗えますから……、あっ！」

手のひらで包み込まれた胸のふくらみが、ボディソープでぬるりと滑る。

そのまま揉みしだかれ、ぬめりを帯びたふくらみが水風船のように彼の手の中でたわんで、和花はかあっと頬を赤らめた。ぬるつく感触がひどく淫靡《いんび》で、バスルームの灯《あか》りが煌々《こうこう》と点《つ》いている中で触れられているのが恥ずかしくてたまらない。

しかも背中に感じる冬也の身体は和花を包み込めるほど大きく、腕には実用的な筋肉がついていて、血管が目立つ手は指が長く男っぽかった。

「はぁっ……」

まるでパン生地でも捏《こ》ねるかのように胸を揉みしだかれ、和花は吐息を漏らす。

ボディソープのおかげで痛みはないものの、男の手の中で滅茶苦茶にふくらみを揉まれる様子は、視覚的に和花を煽った。やがて彼の指が両方の胸の先端をきゅっと摘まみ、電気が走ったかのような刺激に思わず声を上げる。

「あっ！」

断続的に強く摘まれ、痛みと紙一重の快感に和花は唇を噛む。胸を愛撫《あいぶ》しながら、冬也がこちらの耳元で言った。

「和花さんの胸は、きれいだな。形が整っていて、真っ白で……先端はきれいなピンクだ。ほら」

「や……っ」

見せつけるようにふくらみを下から持ち上げられ、身をすくめる。

逃げようにも背後には彼がいて、身体を抱き込まれているため、身動きが取れなかった。ひとしきり胸を愛撫した冬也が後ろから頤《おとがい》を上げ、覆い被さる形で唇を塞いでくる。

「んっ……」

肉厚の舌が口腔に入り込み、喉奥まで探られて、和花は呻く。

そうするうち、彼の手が脚の間を撫でて花弁を割ってきた。指先で花芽をつつかれ、自分でも驚くほどにビクッと反応してしまう。そこは胸への愛撫で既に尖《とが》っていて、蜜口は愛液をにじませていた。

「……ぁ……」

羞恥をおぼえた和花は必死に太ももに力を入れて冬也の動きを阻《はば》もうとするものの、彼は止まらない。

指で蜜口をくすぐられ、くちゅりと粘度のある水音が立つ。ぬるつく感触はボディソープだけではなく、明らかに愛液も混じっていて、二本の指で捏ねるように動かされるとどんどん音が大きくなっていった。

「ぁっ……はっ、……あ……っ」

浴室は声も音もよく響き、和花は必死で嬌声を押し殺す。

ゴツゴツとした指が入り口から少しずつ中に入り込み、内襞が蠢《うごめ》くのがわかった。背後にいる冬也にもたれ、和花がビクビクと身体を震わせると、彼が耳元でささやく。

「昨日したばかりだから少し熱を持ってるけど、すごく濡れてる。もうちょっと奥まで挿れるよ」

「んん……っ」

硬い指が押し入ってくる感触に、和花は肌が粟立つような快感をおぼえる。

確かに昨日冬也を受け入れた内部は若干ひりつく感じがあるものの、耐えられないほどの痛みではない。愛液が潤滑剤になり、指の動きがスムーズになって、抽送されるたびに粘度のある水音が響いた。

「はぁっ……ぁっ……ん……っ」

脚がガクガクと震え、後ろにいる彼に体重を預けると、身体をより深く抱き込んだ冬也がこちらのこめかみにキスをしながら言う。

「可愛い――和花」

ふいに名前を呼び捨てにされ、和花の顔がかあっと紅潮する。

これまでより格段に親密な呼び方に、ぎゅっと心をつかまれていた。そうするうちに指の抽送が激しくなり、同時に敏感な花芽を撫でられて、和花はビクッと背をしならせて達する。

「あ……っ！」

甘い快感が身体の奥で弾け、熱い愛液がどっと溢れ出す。

冬也の指が抜かれると、透明な蜜が糸を引きながら足元に滴った。脱力して脚の力が抜けそうになる和花の身体を、彼が力強い腕で抱き留めて支える。そして耳元でささやいた。

「前の壁に手をついて」

「えっ……？」

両手をつかんで誘導され、上半身を倒す形にしたあと、腰をぐいっと後ろに引き寄せられる。尻に当たった熱くて硬いものが冬也の性器だとわかり、和花は焦って声を上げた。

「と、冬也さん、あの……っ」

「――挿れるよ」

切っ先が蜜口をとらえ、ぐぐっとめり込んでくる。亀頭が埋まり、幹の部分が隘路を進み始めると、正面から抱き合うよりも強い圧迫感をおぼえて和花は喘いだ。すると身体のこわばりを感じたのか彼が動きを止め、和花の首筋に唇を押し当てて言う。

「力を抜いて」

「ぁ、でも……っ」

片方の胸のふくらみを包み込まれ、先端部分をきゅっと摘まれて、「あっ」と声が漏れる。ツキリとした疼痛が走ったものの、断続的に繰り返されると次第に息が乱れて、冬也を受け入れたところがビクビクとわなないた。狭い内部を緩やかに行き来され、愛液の分泌が増える。

剛直が根元まですべて埋まった頃には、肌がじんわりと汗ばんでいた。

「……ぁ……」

内臓がせり上がるような圧迫感と苦しいほどの質量に、和花は浅い呼吸を繰り返す。

冬也がこちらの肩甲骨に口づけ、腰を両手でつかんで言った。

「動くよ」

ズルリと腰を引かれ、抜けそうなくらいまで引き出した楔を再び根元まで埋められる。

硬く長大なそれはまるで灼熱《しゃくねつ》の棒のようで、擦られる柔襞がじんとした熱を感じた。律動を開始され、何度も腰を打ちつけられて、和花は壁に必死につかまりながら声を上げる。

「あっ……はぁっ……ぁ……っ」

まさかバスルームでされるとは思わず、気持ちがついていかない。

だが「子どもが欲しい」と言ったのは自分のほうで、性急な行為は早く妊娠させようと思ってのことなのだろうか。そう考え、和花の胸がシクリと疼く。

（わたし……）

そうするうちに冬也の手がこちらの片方の太ももをつかみ、抱え上げながら言う。

「ごめん、ちょっと我慢して」

「んぁっ！」

ずんと深く突き上げられ、先ほどより奥まで入り込む剛直に、和花は目を見開く。

切っ先が子宮口を抉《えぐ》り、息が止まりそうな感覚になすすべもなく喘いだ。すると突き上げる動きを止めないまま、彼が吐息交じりの声で言った。

「すごいな、君の中。狭いのにぬるぬるで、俺のを根元まで全部受け入れてる。ほら、ここが一番奥だ」

「あっ、やぁ……っ」

動かれるたびに接合部からぬちゅぬちゅと聞くに堪えない水音が立ち、柔襞がきつく楔を食い締める。

片方の脚だけで立っているのがつらく、何とか身体を支えるべく目の前の壁に手をつきながら、和花は嵐のような律動に耐えた。すると中の締めつけと嬌声で煽られたのか、冬也が熱い息を吐いてつぶやく。

「そろそろ出すよ」

「あっ……！」

速さを増す律動に、なすすべもなく揺さぶられる。

腰を打ちつけられるたびに尻が揺れ、じりじりと高まっていく感覚に追い詰められた和花は啜り泣きのような声を漏らした。やがてひときわ奥を突かれた瞬間、和花が達するのと彼が熱を放つのは、ほぼ同時だった。

「……っ」

「……はぁっ……」

最奥でドクリと精液を放たれ、隘路の中をいっぱいにされる感覚に和花は涙目になる。

冬也が後ろで荒い息をつき、ゆっくりと腰を引いて自身を抜き出すと、蜜口から白濁した液がトロリと溢れ出た。

「あ……」

かあっと顔を赤らめた和花は、思わずその場にしゃがみ込む。すると彼がシャワーヘッドを手に取り、お湯を出しながら言った。

「ごめん、体勢的にきつかったか」

「あの……大丈夫です」

「お詫びに俺が、全部洗うから」

和花は「自分でできますから」と固辞したものの、冬也は聞かない。

結局身体も髪も全部丁寧に洗われ、和花が自分でしたのはメイクを落とすことだけだった。後ろから抱え込まれる形で一緒にバスタブのお湯に浸かり、和花は何ともいえない気持ちで乳白色の水面を見つめる。

（まさか冬也さんが、こんなに甲斐甲斐《かいがい》しいタイプだなんて思わなかった。晩ご飯を作ってくれたことといい、わたしの全身を洗うことといい、まるで本当に新妻に尽くしているみたい）

自分たちは期間限定の関係であるはずなのに、そこまでする必要があるだろうか。

そんなふうに考える和花の身体を抱き込み、冬也が背後から問いかけてくる。

「今日の打ち合わせはどうだった？」

「十月号の特集について話し合いました。わたしと母が交代で書いているコラムの内容や、秋の花の生け方や表現の仕方について、それにうちの先生たちの作品展のレポートなどで、他に花生けの徹底解説のページで使う花材を決定したり」

「へえ、なかなか興味深いな」

「冬也さんが教室の仕事に慣れたら、編集業務を一緒にやりませんか？　眞敷流での経験がある冬也さんなら、尾立流生け花について新たな視点で語れると思うんです」

彼が「そうだな、楽しみにしてる」と了承してくれ、和花はホッとする。

束の間沈黙が満ち、背中に彼の筋肉質な身体を感じながら、「あの」と口を開いた。

「明日の朝食はわたしが作るので、冬也さんはゆっくり寝ててくださいね。慣れない職場で仕事をしたあと、買い物をして晩ご飯まで作るなんて、疲れたでしょうから」

「世の中の大多数の社会人がやってることなんだから、あまり気にしなくていいよ。それにご褒美をもらったから、気分がいいんだ」

「ご褒美？」

「ああ。君を抱いて、こうして腕の中に抱きしめてる。それだけで疲れが癒やされる気がするよ」

甘い言葉に、和花の頬がじんわりと熱くなっていく。

冬也の言葉はまるでこちらに恋愛感情を抱いているように聞こえ、どう受け止めていいかわからなかった。

（少し前のわたしだったら、きっとすごくうれしかったはず。でも、今は……）

彼の真意が他にあるのだと思うと、素直に喜べない。

そう考えた和花はザバッと水音を立て、バスタブから立ち上がる。そして冬也のほうは見ずに淡々と告げた。

「すみません。わたし、もう茹だってしまいそうなので先に上がりますね」

「――……」

彼の返答を待たずに、和花は浴室をあとにする。そして脱衣所のマットの上で濡れ髪を拭きながら、唇を引き結んだ。

（騙《だま》されちゃいけない。あの人が優しいのは、ただの気まぐれなんだから）

いつか別れるのが決まっているのだから、気持ちを持っていかれてはいけない。

そう自身を戒めつつ、和花は頭に被ったタオルでがむしゃらに髪を拭く。そしてふと手を止め、タオルの陰でかすかに顔を歪めると、胸の痛みをじっと押し殺した。

第五章

尾立流華道教室のスケジュールは、午前十時から正午まで、午後二時から四時まで、そして午後四時から六時までの三つの時間帯だ。家元の十糸子の下に六人いる講師たちは、常勤もいれば週に二回から三回の頻度で入る者もいて、都合により休講になることもある。

そんな中、まだ尾立流の師範の資格を取っていない冬也は、〝指導助手〟という肩書きだ。それぞれの講座の助手として入り、教室の準備や生徒への簡単な指導などを行っている。

働き始めて五日目の金曜日、冬也は朝から雑務に勤しんでいた。教室がある離れにはさまざまな部屋があり、膨大な数の花器が収納された物品庫や、華道に関する書籍が集められた書庫、その日に入ってきた花材を管理する作業場などがあるが、それらの管理を任されている。

仕事は多岐に亘り、教室で生徒が使う花鋏の数を揃えたり、講座が終わったあとに使用済みの花器を洗って乾かしておいたり、朝に業者から配達されてきた花をすべて適切に水切りしたりと、枚挙に暇《いとま》がない。

和花は冬也にそうした新人の仕事を任せるのにひどく恐縮しており、初日は「わたしも一緒にやりますから」と申し出てきたが、それははっきり断った。

いくら眞敷流の教室で師範として生徒を教えていたとはいえ、尾立流での冬也はまだ半人前だ。ならば教室運営が円滑に進むよう、雑務を率先してやるのは当然だと考えていて、彼女が心配しているような自尊心が傷つくということにはなっていなかった。

結婚してからは和花が毎日稽古をつけてくれており、一日も早く資格を取得するのが目下の目標になっている。前日洗って乾かしておいた花器をすべてプラケースに入れ、磨き上げられた廊下を通って物品庫に向かった冬也は、それを大きさごとに分けて棚に陳列しながら彼女の顔を思い浮かべた。

（……可愛いんだよな）

日曜日に式を挙げ、その翌日から近くのマンションで二人の生活が始まったが、和花との暮らしは冬也にとって新鮮だった。

彼女はこれまで実家を出たことはないらしく、同居一日目に「実は料理がまったくできない」と告白してきた。冬也が夕食を作ると驚いたようで、翌日は朝食を担当してくれたものの、味噌汁は塩辛く卵焼きは上手く巻けていない有様で、お世辞にも美味しいとはいえなかった。

冬也としては作ろうとしてくれただけでうれしく、苦手ならば自分が担当しても構わないと思っている。

（俺が料理をする分、彼女は掃除と洗濯を一生懸命やってくれているから、バランスは取れてる。もう少し気を許してほしいけど、それにはまだ時間が必要なのかな）

結婚式を挙げた夜、冬也は初めて和花を抱いた。

未経験である彼女の反応はぎこちなかったものの、冬也は和花が正真正銘の処女であることに大いに安堵していた。式の三日前に他に好きな人がいると言われたときは信じられない気持ちでいっぱいで、「もしかしたら『相手とつきあっていない』というのは嘘で、本当は関係があったのではないか」という懸念が頭をかすめた。

だが翌朝起きたときのシーツにはうっすら破瓜《はか》の証《あかし》があり、何よりベッドでの物慣れないしぐさは和花に経験がないことを如実に表していて、心からホッとした。

一方で、その事実が冬也の中の彼女への執着を強めたのは確かだ。自分しか知らない、まっさらな和花を他の誰にも渡したくない。そのためには彼女が出産するまでにどうにかして気持ちをこちらに向けなければならず、できれば妊娠を先延ばしにして時間を稼ぎたいというのが本音だ。

（とはいえ今の頻度で抱いていたら、子どもができるのは時間の問題だな。……どうしたもんか）

入籍してから五日、冬也は連日のように和花を抱き続けている。

一度抱くと箍《たが》が外れてしまい、彼女に対する独占欲を止められない。仕事で疲れているのがわかっていても、同じベッドに入るとついその身体を引き寄せてしまっている。

そんな冬也を、和花は拒否しなかった。彼女にしてみれば妊娠の確率が上がるのは都合がよく、早く出産して離婚したいという気持ちがあるのかもしれない。

（俺と和花の生活は、今のところ上手くいっている。できればこのまま続けていきたいけど……）

小さく息をついた冬也は、花器を棚にきれいに並べ、空のプラケースを持って物品庫を出る。

そして事務室に向かうと、そこには四十代の事務員と和花の姿があった。彼女はパソコンに向かっていて、冬也の姿を見ると声をかけてくる。

「冬也さん、ちょっといいですか」

「はい」

呼ばれるがままに和花の傍に行くと、彼女はパソコンの画面を見ながら言った。

「来週教室で使う花材を発注するところなんですけど、種類に悩んでいて。冬也さんはどんなものがいいと思いますか？」

花市場が開くのは月水金の三日間で、あらかじめ仲卸業者に発注し、必要な花材を仕入れて届けてもらう仕組みになっている。ディスプレイに表示された発注画面を見つめ、冬也は自分が過去に使ったことがある花材を思い浮かべながら答えた。

「白と紫の捩花《ねじばな》とか、アクセントになる矢筈薄《やはずすすき》や葦《あし》はよく使っていたかな。八月は暑い時季だから、あえてビビッドな色のものを使いたい気持ちもある。例えばナデシコ科の岩菲《がんぴ》とか、赤実《あかみ》の類葉升麻《るいようしょうま》とか」

「あ、なるほど」

取り扱い花材の一覧を見ながらあれこれと語り合うのは楽しく、無事に発注作業を終える。和花が笑顔で言った。

「今度は冬也さんに発注作業をお任せするのも楽しいかもしれませんね。業者さんから届いた花材を見てから『今回はこういう取り合わせなんだ、どんなふうに生けよう』って考えるの、すごくワクワクしそうで」

しかし彼女はすぐ何かに思い当たったように慌てた顔になり、言葉を続ける。

「あの、冬也さんに何でも仕事を押しつけようっていう気はないんです。ただの思いつきで……すみません」

「いや。俺としてはどんどん仕事を任せてほしいから、遠慮しなくていいよ。今度手が空いたとき、発注の手順を教えてもらってもいいかな」

冬也がそう答えると、和花はホッとした表情で微笑む。

「……はい」

その顔が可愛らしく、冬也はぐっと気持ちを引き寄せられる。

（駄目だ。ここは職場なんだから、脂下《やにさ》がった顔を見せないように気をつけないと）

そう自分を戒め、冬也は仕事に戻る。

そして午前に四十代の女性講師の講座、午後の最初の時間帯は家元の十糸子の講座に入り、それぞれ指導助手を務めた。どちらも同じ尾立流の生け花でありながら個性があり、修行中の身である冬也は非常に勉強になる。特に十糸子の作品はさすが家元と感じさせる品格があって、心から感服した。

午後四時からは母屋の一室で、空き時間だった和花に個人稽古をつけてもらう。今日の花材は赤い実をつけた山帰来《さんきらい》、枝ぶりにニュアンスのある葛《くず》、ビビッドなピンクの薊《あざみ》などがあり、草ものと組み合わせて構成を意識した三種生けを実践した。

そして枝葉の無駄を削ぎ落として表現する〝間〟についてや、器の形状や花の趣《おもむき》に沿って生けるにはどうしたらいいか、枝を花留めに使う一文字、十文字留めについての講義を受けた。

「冬也さんは今日で本科に必要な単位をすべて取得しましたので、次回は師範科に上がるための試験を実施します。明日でよろしいですか？」

「はい」

「師範科に上がると本科の倍の単位が必要になりますが、今の週四、五回のペースでいけば二ヵ月程度で修了できるはずです。そして家元の試験に合格すれば、晴れて尾立流の師範として人に教えられるようになります」

「はい。頑張ります」

順調にいけば十月には師範の免状が取れると聞き、冬也は身が引き締まる思いがする。

本来なら月三回のレッスンで二年かけて師範まで取得するため、かなりのハイペースだ。時間を捻出するのは正直大変なものの、短期間で技術を習得する充実感もある。

（俺が講座を持てるようになれば、和花の負担をだいぶ軽くできるはずだ。彼女は教室の他に、とにかくいろいろな仕事を抱え込みすぎてるから）

一緒に暮らし始めてわかったのは、和花の多忙さだ。彼女はほぼ毎日教室で講座を行い、講師陣が少ない土日の勤務も率先してこなしている。

それ以外に、毎月刊行されている尾立流の雑誌のコラム執筆や撮影の立ち合い、教室で使う花材の発注、生徒の予約状況の確認とスタッフのシフト管理をし、さらに月に一、二回の頻度で企業で行われるワークショップや店舗に飾る大型の作品制作などの依頼を受けているらしい。

冬也も和花と同様にイベントのデモンストレーションの依頼や、月に二回のカルチャースクール講師の仕事、自分の個展の準備をしたりと本業以外の業務があるが、今は尾立流の生け花を習得するのを最優先にしているため、少しセーブしている。

（これだけ毎日忙しいんだから、俺はもう少し和花の体調について気遣ってあげないといけないな。

抱くのは控えて、彼女を外に連れ出してみようか）

そう考えた冬也は、和花に問いかける。

「和花先生は、このあとは……」

「わたしは少し事務仕事をして帰ります。冬也さんは、先に上がっていいですよ」

彼女が微笑んで答え、冬也は素の口調になって提案する。

「じゃあ終わるのを待ってるから、今日は外食しないか？」

「えっ？」

「せっかく同じくらいの時間に上がれるんだから、デートするのもいいかと思って」

和花が驚いた顔で「デート……」とつぶやき、遠慮がちに頷く。

「はい。では、なるべく早く仕事を終わらせますから」

稽古に使った道具や花材を片づけ、事務室に向かう。

彼女の事務仕事はメール返信だったらしく、十分ほどで終わった。帰り支度をした冬也と和花は、事務所内にいた講師と事務員に挨拶して外に出る。

あと数日で八月になるということもあり、外は午後六時過ぎであるにもかかわらず、ムッとした熱気に満ちていた。隣を歩く和花が、こちらを見上げて問いかけてくる。

「冬也さん、外食するって言ってましたけど、一体どこに行くんですか？」

「そうだな。この辺りは、君の地元だろう。どこかお勧めの店はある？」

冬也は引っ越してきたばかりでまだ周辺の地理に詳しくないが、彼女は生まれたときからこの地に住んでいると聞いている。すると和花が、少し考えて答えた。

「じゃあ、中華とかはどうでしょう。ここから歩いて五分くらいです」

「いいな。行こう」

オレンジ色の西日を浴びながら徒歩で向かったのは、中国料理の店だった。店内は四割ほどの客がいて、ひどく活気がある。席に通されてメニューを見ると、その種類の豊富さに驚いた。

「すごいな、冷菜から肉料理、海鮮、点心まで、かなりの数がある」

「そうなんです。とにかくメニューが多くて、何度来ても目移りしてしまって。どれもすごく美味しいですよ」

二人でメニューを眺め、冷やしトマトや茹で豚のニンニクソース掛け、セロリと紋甲《もんごう》イカの炒め物、マコモ茸《たけ》と牛肉の黒胡椒《くろこしょう》炒《いた》めなどを頼み、青島《チンタオ》ビールで乾杯する。

茹で豚のニンニクソース掛けは香味野菜が入ったソースが食欲をそそり、セロリとイカの炒め物はそれぞれの具材の歯触りが愉しかった。冬也は感心してつぶやいた。

「どれもすごく美味《うま》い。ここに来たら、和花はいつも何を頼んでるんだ？」

「豚肉とキクラゲの玉子炒めとピータン粥《がゆ》は、必ず頼んでいます」

「じゃあ、あとでそれも頼もう」

和花のグラスにビールを注いでやると、彼女が「ありがとうございます」と言って微笑む。

そして中身を一口飲み、言葉を続けた。

「冬也さん、五月の中旬から尾立流のお稽古を始めて二ヵ月ちょっとで本科を修了するなんて、すごいですね。やっぱり他流派の師範なだけあって、理解度が格段に高いです」

「流派が違っても、花型や技術に似通ったところがあるからだろうな。それにかなりの頻度で稽古をつけてもらっているから、一般の生徒の四、五倍のスピードで進めていることになる。その分、忙しい君に負担をかけてしまって申し訳なく思ってるよ」

「そんな。冬也さんに負担をかけているのは、尾立《うち》家のほうですから。婿入りして他流派を学ぶなんて、なかなか決断できることではありません。冬也さんには充分なキャリアがあったのに、それをリセットする形になってしまって」

確かに冬也は、和花との結婚を機に眞敷流華道教室での仕事を辞め、イベントの装花の依頼などを一旦ストップしている。

それを気にしている様子の彼女を見つめ、笑って答えた。

「別に君と結婚したからって、今までの実績がなくなるわけじゃない。イベントの仕事は今の生活が落ち着けばまた受け付けを再開しようと考えていて、個展の準備も進めてるよ。何より、尾立流で資格を取ろうと決めたのは俺自身なんだから、和花がそんなふうに気に病む必要はない」

冬也は「それに」と言葉を続けた。

「実家以外で働くのは初めてだから、いい刺激になってる。他の先生たちの花生けは見ていてすごく勉強になるし、フレンドリーに接してくれるから、働きやすいんだ。おかげで毎日が充実してるよ」

他の講師たちは誰もが人柄がよく、居丈高に接してくる者は一人もいない。

それどころか、「冬也さんの歓迎会をしよう」と話し合い、今度の日曜の夜に銀座の日本料理店を予約してくれているという。

（ありがたいな。人間関係に苦労するかもしれないと覚悟していたから、そうならなくて本当によかった）

するとそれを聞いた和花が、微笑んで言う。

「そう言っていただけると、少し気持ちが軽くなります。やっぱり婿入りするのって、男性側に気苦労をかけてしまうものだと思うので。それに、わたしの家事能力が低いせいで冬也さんの負担が重くなっているので、もっと頑張らなきゃ駄目ですね」

「俺は和花と一緒に暮らすのは、楽しいよ。毎日同じ食卓を囲んで、目が覚めたときに腕の中に君がいると、ホッとする」

それを聞いた彼女がパッと顔を赤らめ、周囲をチラリと窺《うかが》いつつ小さな声で言った。

「あの、外でそういうこと言うの、やめてください……」

「家ならいいのか？」

「い、家でもちょっと」

モゴモゴとした言い方が可愛くて、冬也は思わず笑う。

こうして何気ない会話をしている自分たちは、まるで本当の夫婦のようだ。しかし実際は和花の心には別の人物がいて、この結婚は期間限定ということになっている。

（でも……）

そんなのは無理だ――と冬也は思う。

一緒に暮らし始めてからというもの、冬也の中で和花への執着は募る一方だ。彼女の心がこちらにはないのだと思えば思うほど、その気持ちを自身に向けたくてたまらなくなる。

何でもそつなくこなすように見えていた和花は実は料理が苦手だったり、掃除や洗濯が完璧でなかったりするが、むしろそんなところが庇護欲をそそった。

こんなふうに穏やかな時間を過ごせるのなら、この先もきっと上手くやっていけるはずだ。何より自分たちは正式な夫婦なのだから、一緒にいるのは対外的に何の問題もない。

（和花に好かれるためには、どうしたらいいんだろう。できるだけ優しくしているつもりだけど）

和花にとっての自分がかけがえのない存在になるためには、人として信頼されることが第一だ。

与えられた仕事をきっちりこなし、一日も早く師範となって、彼女の揺るぎない補佐になる。公私共に有用な人物になれば、和花は今心の中にいる人物を忘れて自分のほうを向いてくれるかもしれない。

（そのためには、毎日を丁寧に過ごすしかない。信頼は一朝一夕には積み上がらないんだから、それなりに時間が必要だ）

その後は紹興酒《しょうこうしゅ》や彼女のお勧めの料理を頼み、店を出たのは午後七時半くらいだった。

自宅マンションまでは徒歩数分で、帰宅すると和花が風呂のお湯を溜めてくれる。冬也が翌日の朝食用の米を研いでいると、彼女がキッチンに顔を出して言った。

「お風呂、冬也さんが先にどうぞ」

「いや、君が先でいいよ。俺は朝ご飯の下拵《したごしら》えをしておくから」

普段は「一緒に入ろう」と誘っているが、今日はあえて言わずにいると、和花が少し戸惑った顔をしつつバスルームに消えていく。

交代で風呂に入ったあと、冬也は自室で個展用の作品のラフ画に取りかかった。都内のギャラリーで毎年開催しているもので、テーマを決め、作品を制作する前に入念にラフスケッチを作成している。

花材を吟味し、構成を考えて、ふと時計を見ると時刻は午後十一時半になっていた。デスクの上を片づけてリビングに行くと、和花がソファに座って本を読んでいて、冬也は驚いて声をかける。

「まだ起きてたのか？」

すると彼女が、笑って答えた。

「冬也さんが寝るまでは、わたしも起きていようと思って。もしかして、何かお仕事をされてたんですか？」

「個展用の作品のラフを描いてたんだ。花材を選定して、構成を考えながらスケッチしてた」

「だったら、何か飲み物を持っていけばよかったですね」

リビングの電気を消し、一緒にベッドに入る。

今夜は和花をゆっくり寝かせてあげようと考えていた冬也は、「おやすみ」と告げ、彼女に背を向けた。考えてみると、挙式の日から連日和花を抱き続けていて、何もしない夜は今日が初めてだ。

そんな自分に苦笑いを浮かべつつ目を閉じると、ふいに和花が背中にくっついてくる。

思わず目を開ける冬也に、彼女が後ろから問いかけてきた。

「あの……今夜はしないんですか？」

どうやら和花は、こちらが何もせずに眠ろうとしたことに戸惑いを感じたらしい。冬也は笑って答えた。

「しないよ。君も疲れているだろうから、たまにはゆっくり眠ったほうがいい」

冬也が気を遣ってそう言うと、和花がこちらの胸に腕を回し、ぎゅっとしがみついて言った。

「わたしは全然平気です。……だから、してください」

「――……」

冬也は身体の向きを変え、彼女と向かい合う形になる。そして薄闇の中でその顔を見つめ、口を開いた。

「明日は土曜日で、華道教室は午前と午後の早い時間帯しかないけど、和花はそのうちのひとつを担当する予定になってる。平日に比べて軽めのスケジュールだが、その分空いた時間で事務仕事をするから、退勤するのは結局午後六時くらいだと食事のときに言ってたよな」

「……はい」

「一緒に住み始めてわかったことだけど、君は働きすぎだ。次期家元としていろいろな業務を率先してやっているのはわかるが、結婚前はよく俺とデートしたり挙式の打ち合わせができていたと思うよ」

すると和花が、「それは……」と答える。

「他の先生方が、わたしのためにスケジュールを調整してくれていたからです。『普段ほとんどお休みを取っていないんだから』って言って、週末にお休みをくれたり、早上がりを許してくれて」

「それは常日頃、和花の頑張りをよく見ているからだろうな。日曜に式を挙げてから毎日君に触れてきたけど、それはだいぶ配慮に欠けていたんじゃないかって思ったんだ。仕事で忙しい分、家では身体を休めるべきなのに、逆に疲れさせるようなことをしていた。これでは早晩、身体を壊してしまう」

「…………」

「だからこれからは、俺が夜に仕事をしていても待たなくていいよ。とにかく自分の休息を第一に考えてほしい」

彼女の髪を撫で、冬也は微笑んで告げる。

「さあ、もう寝よう。おやすみ」

和花のほうを向いたまま、冬也は片方の腕を枕にして目を閉じた。

すると彼女がふいに身じろぎし、薄手の掛け布団をバサリとめくり上げる。そしてこちらの身体の上に乗り上げてきて、面食らう冬也を見下ろして言った。

「わたし、全然疲れていないので平気です。そもそもこの結婚は、わたしが妊娠して無事に出産するまでの期間限定ですよね？　一日も早く妊娠したいというこちらの意向を汲《く》んでくれたはずなのに、冬也さんはそれを放棄するつもりなんですか」

「そんなわけじゃ……」

むしろ、逆だ。

和花との結婚を継続したいからこそ、こうして自制している。本当なら毎日でも抱きたいのが本音だが、彼女が身体を壊しては元も子もない。

（それに……）

妊娠してしまえば離婚へのカウントダウンが始まることとなり、なるべくならそれを先延ばしにしたい気持ちが強くある。

しかしそうとは言えず、冬也が言いよどむと、彼女が強い決意をにじませた表情でつぶやいた。

「――失礼します」

「えっ、ちょっ……！」

和花が身体をずらし、突然こちらのパジャマのズボンを下着ごと引き下ろしてきて、冬也は焦りをおぼえる。

あらわになった性器はまったく兆しておらず、それを間近で見るとショックだったのか、彼女がぐっと唇を引き結んだ。しかしうなだれたままのそれをそっと握り、顔を寄せる。

「……っ」

柔らかな舌が亀頭をそっと舐め、冬也はわずかに腰を跳ねさせた。

まさか和花がそんな行動に出るとは思わず、ひどく混乱する。だが何とか押し留めるべく、腕を伸ばして彼女の頭に触れた。

「君はそんなことをしなくていい。ほら、放して――……、ぅっ」

和花がむきになったように亀頭を口に含み、性器がビクッと反応する。

温かな口腔に包み込まれてぬめる舌で舐められると、みるみる硬度が増すのがわかり、ぐっと息を詰めた。彼女の口淫はたどたどしく、決して上手とは言えないものの、和花にされていると思うだけで昂ぶっていく自分を止められない。

「……っ、……は……っ」

次第に屹立の大きさが苦しくなったのか、彼女が口を離す。

和花がかすかに息を乱しながら幹の部分を支え、表面に舌を這わせてきて、冬也はその淫らさに顔を歪めた。

（……くそっ）

冬也は腕を伸ばし、彼女の顔に触れる。そして押し殺した声で問いかけた。

「俺も男だから、こんなふうにされたら我慢できない。君はそれでいいのか？」

「はい。今日はわたしがしますから、冬也さんはそのまま寝ていてください」

そう言って身体を起こした和花が、自身のパジャマのボタンをひとつひとつ外していく。

下着を着けていないらしく、きれいな形をした胸のふくらみが見えて、冬也は視線を引きつけられた。彼女がこちらの手を取り、胸元に引き寄せて言う。

「……触ってください」

手に力を込めると弾むような弾力があって、指が食い込む。

そのまま揉みしだく動きに、和花が息を乱した。彼女の胸は形が整っていて美しく、しかも感じやすいため、抱くたびについ執拗に嬲《なぶ》ってしまう箇所だ。

「……っ……ぁ……っ」

両手で胸を揉まれる和花は瞳を快楽に潤ませ、こちらを見下ろしている。

彼女が上体を倒して覆い被さってきて、冬也は目の前で揺れるふくらみをつかんで先端を舐めた。既に尖っているそこを強く吸い上げると、和花が甘い声を上げ、欲情のボルテージをじりじりと引き上げられる。

やがて彼女が自身のパジャマのズボンに手を掛け、下着と共に脱いだ。そしてそれをベッドの下に落とし、冬也の腰を跨《また》ぐ。

「……っ」

後ろ手に屹立をつかみ、蜜口にあてがおうとするものの、にじみ出た愛液でぬるりと滑ってなかなか狙いが定まらない。見かねた冬也は自ら昂ぶりをつかみ、和花を誘導して言った。

「いいよ。そのまま腰を下ろして」

彼女がそろそろと腰を下ろし、切っ先がめり込む。

狭い内部にのみ込まれていく感覚が強烈で、冬也は強く奥歯を噛んだ。和花の中はみっちりと狭く、内襞が蠢きながら楔をきつく締めつけてくる。自分で受け入れる感覚が強烈なのか、彼女が切れ切れに喘いだ。

「ぁっ……はぁっ、……あ……っ」

隘路を進んだ昂ぶりが最奥に到達し、腰と腰が密着する。和花が浅く呼吸して、こちらを見下ろしていた。痛いほどの締めつけを感じつつ、冬也は彼女に問いかける。

「動けるか？」

「はい、……ぁっ！」

ほんのわずか腰を動かしただけで、和花が切羽詰まった声を上げる。

自分の上でゆるゆると腰を動かす姿が淫らで、冬也は熱い息を吐いた。密着した感触が心地よく、煽情的な体位も相まって、気を抜けばすぐに達ってしまいそうだ。

彼女のほうにも快感があるのか、中が熱く潤み出し、接合部がぬるぬるして性感を煽る。

「はぁっ……んっ……ぁ……っ」

和花の動きは緩やかで、達するには足りない刺激がもどかしい。

しばらく彼女の好きにさせていた冬也だったが、やがて腹筋を使って上半身を起こした。

「冬也さん？　……ぅっ」

和花の後頭部を引き寄せ、冬也はその唇を塞ぐ。

舌を絡めると彼女の内部がきゅうっと強く締めつけ、舐めるような襞の動きに射精感を刺激された。キスを解いた冬也は和花の腰を抱え、ずんと深く突き上げる。

「あっ！」

彼女が高い声を上げながら首にしがみついてきて、冬也は律動を開始する。

内部はぬかるんでいて熱く、狭いそこに根元まで楔を打ち込むのは腰が溶けそうなほどの快感があった。和花の甘い髪の匂い、身体の柔らかさを堪能しながら中を穿ち、しばらくして冬也は彼女の身体をベッドに横たえる。

そして和花の膝の裏をつかみ、より深く腰を入れた。

「んん……っ」

彼女が眉根を寄せて呻いたものの、その声に苦痛の色はない。

冬也は自身のパジャマの上衣を頭から脱ぎ、それをベッドの下に放った。和花が潤んだ瞳を向けてきて、それに誘われるように上体を倒し、彼女の唇を塞ぐ。

「うっ……んっ、……う……っ」

キスをしながら覆い被さり、律動を再開すると、和花がくぐもった声を漏らす。

ビクビクと震える隘路が剛直をきつく締めつけ、眩暈《めまい》がするほどの愉悦があった。今まで受け身だった彼女が自ら積極的に動いてくれ、冬也は気持ちが煽られているのを感じる。

しかしその一方で、「そこまでして子どもが欲しいのか」という複雑な思いが胸に渦巻いていた。

（早く妊娠したいから、そんなに積極的なのか？　俺との結婚生活で望むのは、やっぱり子どもだけってことか）

和花が好きで、妻にできたことはうれしいのに、彼女の心が自分に向いていないのを痛感して苦しくなる。

夫というアドバンテージを最大限に生かせば、他の男を忘れさせるのは可能だと思っていた。だが和花を好きになればなるほど、それが容易ではないかもしれないという可能性をひしひしと感じている。

（彼女が妊娠すれば、一緒にいられる時間は短くなる。出産後に「別れたくない」と言って離婚に応じないのもひとつの手かもしれないが、そうすれば和花はきっと俺を軽蔑するだろう）

無理に縛りつけても、心は思いどおりにはできない。

ならばどうすればいいのかというところで、冬也の気持ちはいつも袋小路に迷い込む。

「……っ……冬也さん、もう……っ……」

彼女が喘ぎながら限界を訴えてきて、冬也はぐっと顔を歪める。

上体を起こし、和花の細い腰をつかんで、何度も激しい律動を送り込んだ。

「あっ！　……はぁっ……んっ……あ……っ！」

彼女が背をしならせて達し、楔を咥え込んだ隘路がビクッと収縮する。

その動きに一気に追い詰められた冬也は、咄嗟に自身を引き出すと、和花の腹の上に射精した。

「……あ……」

白濁した体液が二度、三度と吐き出され、彼女が呆然とそれを見つめる。

冬也自身も自分の行動に驚き、目を見開いた。

（しまった。和花を妊娠させたくないと思うあまり、達く寸前に無意識に引き抜いてた……）

苦い後悔がこみ上げたものの、してしまったことは仕方がない。むしろ「これでいいんだ」という自身を正当化する思いが心に渦巻き、決意を新たにする。

（そうだ。俺は和花を、手放したくない。彼女の気持ちを引き寄せるのに時間が必要なら、なるべく妊娠しないようにするしかないんだ）

そう考え、ベッドサイドに腕を伸ばした冬也はティッシュを数枚引き抜き、和花の腹部をきれいに拭う。

そして自身の後始末もしてベッドに身を横たえ、彼女の身体を抱き寄せると、努めて何でもない表情で微笑んで言った。

「寝よう。――おやすみ」

「…………。おやすみなさい」

＊＊＊

八月のお盆時期は華道教室が休みになり、講師たちも五日間の休暇となった。

それぞれ帰省したり旅行に行ったりしたらしく、現地から尾立家に名産品を送ってくれ、宅配便で届いた桃やメロン、西瓜《すいか》などを前に十糸子が喜んでいた。

休暇明けは通常どおりの毎日が始まり、和花は教室や事務仕事に大忙しだ。外はまだまだ灼熱の暑さで、強い日差しが辺りのものを色鮮やかに浮かび上がらせている。

午後一時に事務室でパソコンに向かっていた和花は、窓の外を眺めつつ物思いに沈んだ。冬也は今日、以前から続けているカルチャースクールの講師の仕事があり、昼食後に出掛けていったばかりだ。事務員も休憩中でおらず、一人きりでいるとついいろいろと考えてしまう。

（冬也さんの気持ちが、わからない。すごく優しいし、わたしを大事にしてくれるけど――）

彼と結婚して、もうすぐ一ヵ月が経つ。

入籍と同時に実家近くのマンションで二人だけの生活を始めたが、表向き関係は順調だ。冬也は料理が得意で、朝と夜にきちんとした食事を作ってくれる。それだけではなく、和花の担当である掃除と洗濯も率先して手伝ってくれ、シャンプーや洗剤といった消耗品の残量をチェックして買ってきたりと、生活全般に対する意識が主婦並みに高い。

性格は穏やかで、職場では次期家元である和花を立て、指導助手としての分を弁えて如才なく振る舞う一方、自宅では優しく細やかで常にこちらの体調を慮っていた。

つまり非の打ちどころのない男性で、十糸子や他の講師たちからの評価は高く、最近は生徒からもよく話しかけられている。

そんな彼を夫にできた和花は、「いい旦那さんでうらやましい」と言われることが多く、その言葉自体に異存はなかった。

（でも……）

自分たちの結婚は期間限定のものであり、〝和花が妊娠・出産を終えたら離婚する〟という条件で合意している。

それは冬也に好きな女性がいる事実を挙式の寸前に知ったからで、〝彼を数年で解放する代わりに子どもが欲しい〟という願いから出たものだった。つまり子作りが目的の結婚であり、それを最優先にするのが暗黙の了解だったが、最近の和花は悩んでいる。

きっかけは、結婚して初めて迎えた週末のことだった。仕事が終わったあとに冬也から「今日は外食をしよう」と誘われた和花は、近くにある中国料理店に彼と共に訪れ、楽しい時間を過ごした。

しかし帰宅すると冬也は一人で自室にこもってしまい、ベッドに入ると「おやすみ」と言ってこちらに背を向けた。結婚してから連日彼に抱かれていた和花はその態度にひどく戸惑い、グルグルと考えた。

自分は何か、冬也の気に障るようなことをしてしまったのだろうか。だから彼は入浴するときも「一緒に入ろう」と誘わず、自室にこもって、ベッドでも背を向けてしまったのだろうか。

考えても理由が思い当たらず、焦った和花は自ら彼を押し倒し、行為を仕掛けた。稚拙ながらも口でし、その気になったらしい冬也は結局抱いてくれたが、最後は和花の体内ではなく外で射精した。

あのときのショックを、和花は苦く思い出す。

（冬也さんが外で出したの、あのときが初めてだった。それまでは毎回わたしの中で達ってたのに）

その前の少しよそよそしい態度といい、何かこちらに思うところがあるのなら理由を言ってほしい。そんな不安にかられたものの、その後の彼は以前と変わらず優しく、怒っているそぶりは微塵も見せなかった。それどころかますます甲斐甲斐しさが増し、休みの日はデートに誘ったりと大切にしてくれる。

あれから三週間ほどが経つが、そのあいだ和花には一度生理がきた。つまり妊娠はしておらず、一応その旨を冬也に伝えると、彼は「そうか、残念だったね」と言った。

『でもまだ結婚したばかりだし、あまり思い詰めるのもよくないと聞く。だから気長にいこう』

それから一週間、冬也は生理期間中の和花をいつにも増して気遣ってくれた。

こちらの担当である掃除や洗濯を率先して行い、「つらいなら横になったほうがいいよ」と言って、ソファで膝枕をしながら腰やお腹をさすってくれる。

そのしぐさは優しく、まるで心からこちらを大切にしてくれているように思え、和花の胸はぎゅっと強く締めつけられた。

（本当に好きな相手じゃないはずなのに、この人はわたしにこんなに優しくできるの？　それとも抱き合ううちに、多少の情が湧いてきたってこと……？）

冬也の気持ちが、わからない。

あれから何度も抱き合っているが、彼は二回に一度は外で射精するようになり、そのたびに和花はモヤモヤしていた。他に好きな人がいるのなら、さっさと子どもを作ってお役御免になりたいはずだ。それなのに妊娠する可能性を下げるような行為をする冬也の意図が読めず、しかし直接問い質すのは気が引けて、今に至る。

（わたし、冬也さんにはっきり聞くのを避けてる。外に出すのはどうしてなのか、……何か理由があるのか）

話し合いを避けているのは、和花の中に「今の生活を壊したくない」という気持ちがあるからだ。

挙式をして約一ヵ月、当初は気まずくなるかもしれないと身構えていた結婚生活は、思いのほか快適だった。互いに協力して家事をこなし、ときには一緒にキッチンに立って料理をする。彼は和花が何かするたびに「ありがとう」「じゃあこっちは、俺がやっておくよ」と言い、押しつけがましくない態度で手伝ってくれていた。休みの日はドライブや映画鑑賞に出掛け、週に一、二回は外食をして仲睦まじい新婚夫婦そのものの生活を送るうち、和花の中には冬也への想いが再燃していた。

（わたしは、冬也さんが好き。本当は離婚なんてしたくないし、ずっと一緒にいたい）

彼が他の女性を愛しており、自分とは妥協で結婚するのだと知ったとき、和花はひどく苦しんだ。それまで全幅の信頼を置いていただけにダメージが大きく、いっそ破談にしてしまいたい気持ちにかられたが、挙式の一週間前であることや外聞を考えるとそれは難しかった。熟考の結果、和花は冬也を自由にするためにしばらく経ったら離婚することを決めた。しかし彼の血を引いた子どもが欲しいという希望が湧き、〝契約結婚〟を持ちかけることで気持ちに折り合いをつけたつもりだったが、今になってそれは欺瞞《ぎまん》だったと思い知らされている。

一緒に過ごす時間が多くなるほど、冬也を好きになる。彼の細やかな気遣いに触れるのはうれしく、恋心が募っていくのを抑えることができない。

優しくされるとその意味を深掘りしたくなり、抱き合って外で射精されるたびに「何か思うところがあるのか」とやきもきする日々は、楽しいばかりではなく悩ましさが多々あった。それでも今の生活を手放すのが惜しく、一人になると苦しくなる。

(だから……)

だから和花は、彼に対してひとつの〝嘘〟をついている。

それは互いの信頼関係を揺るがすものであり、もし冬也に知られればきっと怒るか失望するであろうことだ。彼の顔を見ると罪悪感が疼くものの、「仕方がないのだ」と自分に言い聞かせている。

「――……」

小さく息をついたタイミングで事務員が休憩から戻ってきて、和花は思考を中断する。

それからすぐに午後の教室の講師が出勤し、来月のシフトについて話し合った。午後三時半には冬也がカルチャースクールの仕事から戻り、四時からの教室に指導助手として入る。

翌日の金曜の午前、和花は渋谷《しぶや》にいた。目的はイベント装花の打ち合わせで、指定されたカフェで待っていると、やがて「尾立さん」と呼びかけられる。

「ごめん、待たせたかな」

「いえ、五分ほど前に来たところですから」

現れたのは、三十代とおぼしきスーツ姿の男性だった。

人好きのする顔立ちの彼は顎にうっすら髭《ひげ》を生やしており、スタイリッシュに整えられた髪や磨き上げられた靴に美意識の高さが窺える。彼――宮岸《みやぎし》太一《たいち》が、笑顔で言った。

「尾立さんと会うの、半年ぶりだな。元気にしてたか？」

「ええ。おかげさまで」

席にやって来たスタッフにコーヒーを注文する宮岸は、イベント企画会社Ｆ社の人間だ。

和花とは旧知の仲であり、過去に二回一緒に仕事をした。それ以外のイベントでも顔を合わせる機会が幾度もあって、打ち合わせの合間に雑談を交わす程度には親しくなっている。人懐こい性格の彼は、敬語を使わないことで相手との距離を詰める性格らしく、口調はとてもフレンドリーだ。

ひとしきり世間話をしたあと、彼がビジネスバッグからタブレットを取り出し、それを開いて説明した。

「今回尾立さんに依頼したいのは、ファッションブランドnil《ニル》の京都《きょうと》展示会の装花なんだ。二十代、三十代をターゲットにしてるブランドで、異素材同士を組み合わせたり、動くたびにシルエットがしなやかに変化するものとか、一枚で着て様になるアイテムが飽きのこないデザインとして支持されてる。ちなみに前のシーズンのラインナップは、これだった」

宮岸が見せてくれたアイテムはいずれもスタイリッシュで、和花はすっかり感心してしまう。

今回の依頼は展示会のコンセプトに沿った会場の装花で、レンタルスペースの広さや間取りなども細かく説明された。和花はタブレットの画面を見ながら、じっと考える。

（ブランドのアイテムはすごくエッジの効いたデザインだけど、ニット素材なんかも使ってて温か

みも感じる。このイメージで装花をするの、確かに面白そう）

　頭の中であれこれとコンセプトを練り始める和花に向かって、彼が言う。

「nilのアトリエは、水天宮前《すいてんぐうまえ》にあるんだ。よかったら今度そこにお邪魔して、デザイナーからブランドのアイテムを実際に見せてもらわないか？　装花のイメージも、直接聞いたほうがわかりやすいだろうし」

「そうですね」

　宮岸が早速デザイナーに電話をかけ、二日後にアトリエを訪問する約束を取りつける。

　その後、予算やラフスケッチの締め切りなどについて打ち合わせたところで、ふと彼がこちらの左手に目を留めて言った。

「なあ、さっきから気になってたんだけど、尾立さんのその指輪って……」

　宮岸が結婚指輪を見つめているのに気づき、和花はさらりと答えた。

「実は先月、結婚したんです」

「えっ、マジで？　俺、全然聞いてないけど」

　なぜかショックを受けた様子の彼に、和花は笑って説明した。

「わたしは尾立流を継ぐ立場ですから、夫には婿養子になってもらったんです。なので苗字《みょうじ》は変わらず、こうして仕事で会った人に聞かれたら報告しますけど、それ以外にはわざわざ『結婚しました』とは言ってません」

すると彼がこちらの薬指に光る銀色の指輪を見つめ、「へぇ」とつぶやいた。

「その旦那さんって、どんな人？」

「眞敷流の家元の三男で、わたしの二つ上です。あちらの流派の師範の資格を持っていて、華道家としてすごく才能のある人なんです」

和花が冬也の経歴や現在尾立華道教室を手伝ってもらっていることを説明すると、宮岸が言う。

「要するに、同じ業界の人間で婿養子にするのにちょうどいいから、その人と結婚したってこと？」

「確かにお見合いの前提条件としてはそうした部分が大きかったのは否めませんけど、それだけではないです。すごく細やかで、人柄がいいので」

「ショックだな、尾立さんに結婚の報告をされなかったこと。俺たちは友達だと思ってたのに」

どこか気分を害した様子でそんなことを言われ、和花は戸惑いながら答える。

「あの……すみません。宮岸さんを蔑ろにしたわけじゃなくて、仕事のつきあいの人にわざわざ『結婚します』って報告をするのは、ご祝儀をせびっているみたいで嫌だったんです。いろいろ気を使わせてしまうと思って」

彼の態度に、和花はひどく困惑していた。

確かに宮岸とは仕事を通じて親しくなり、知人を含めて飲みに行ったことは数回あるが、連絡を密に取っていたわけではない。こうして仕事の依頼を受けたときに気軽に会える関係ではあるものの、それ以上でもそれ以下でもないという位置づけだった。

　するとこちらのそんな心情を察したのか、彼がふっと笑って言った。

「そっか。俺としては、そういうことはちゃんとお祝いしたかったよ。遠慮するなんて水臭く感じる」

「本当にすみません」

「nilの展示会のことだけど、前日に会場のセッティングが終わってから装花をして、当日は午後七時のイベント終了後に撤収作業をすることになるから、京都には最低でも一泊することになるんだ。大丈夫？」

「大丈夫です」

　今回の依頼を受けた時点で、泊まりの出張になることは冬也にもきちんと説明している。それを聞いた宮岸が頷き、タブレットを閉じて言葉を続けた。

「じゃあ二日後にアトリエ訪問、そのあとにラフの提出だな。何か気になることがあったら、その都度連絡して」

「わかりました」

第六章

それからしばらく、和花は教室の仕事をしつつ展示会の準備に明け暮れた。まずは宮岸と一緒にデザイナーのアトリエに行き、実際のコレクションアイテムを見ながらコンセプトを詰める。展示会会場を華やかな雰囲気にするため、ボリュームとインパクトにこだわって詳細なラフを描き起こし、ブランド側からＯＫが出たあとに花材の発注だ。

展示に使用する大型の花器は什器の専門会社からレンタルすることになり、実物を見て決定した。そのあいだ宮岸とは何度も顔を合わせ、打ち合わせ終わりに飲みに誘われることが多かったものの、和花は自宅で冬也が待っているのを考えて結局応じなかった。

（仕方ないよね。宮岸さんが誘ってくれるのはうれしいけど、冬也さんに誤解されるようなことはしたくない。好きに仕事をさせてもらってる分、行動に責任を持たないと）

九月に入ると、外はまだ残暑が厳しいものの華道教室では秋の花を扱い始め、講師たちはそれぞれ尾立流らしい侘び寂びを表現するべく趣向を凝らすようになった。

週の半ばの木曜、午前の教室を終えたあと、和花は実家にある自分の部屋で和服を脱ぐ。そしてテーラードジャケットとブラウス、センタープレスのパンツというきれいめな恰好に着替え、階下に下りた。

玄関には着替えが入ったキャリーケースが置かれていて、そこにいつも使う花鋏や剣山起こし、麻紐や針金用の鋏、フローラテープといった専門道具をまとめたポーチを入れていると、冬也が上着を着て奥から出てくる。

「準備できた？」

「はい。すみません、車を出してもらうことになってしまって。冬也さんは午後の教室があるのに」

「往復しても三十分くらいだから、全然余裕だよ」

和花を東京駅まで送るため、今日の彼は自宅マンションからわざわざ自分の車を持ってきてくれている。「電車に乗っても二十分くらいで着くから」と固辞したものの、冬也はどうしても送っていくと言って聞かなかった。

車の後部座席にキャリーケースを積み込んだ彼が、エンジンをかける。そしてハンドルを切り、緩やかに車を発進させながら言った。

「明日は午後七時のイベント終了のあと、撤収作業だっけ。九時くらいの新幹線に乗れそうなのか？」

「はい。撤収に一時間ちょっとかかるとして、たぶんそのくらいのには乗れるんじゃないかと。こっちに着くのは、午後十一時を過ぎます」

冬也が「その頃に、東京駅まで迎えに行くよ」と言い出して、和花は慌てて首を横に振った。

「大丈夫です。冬也さんは次の日も仕事なんですから、わたしには構わず先に休んでてください」

「それは和花も同じだろう。夜遅くに、疲れてる君を一人で歩かせるのが心配なんだ」

こちらを気遣う彼の言葉に、和花の胸がじんとする。

――冬也は〝夫〟として、この上なく優しい。優しいからこそ、それを都合よく解釈したくなる。

そう思いながら、和花は運転する冬也の横顔を見つめ、微笑んだ。

「ありがとうございます。じゃあ、新幹線に乗る前に連絡しますね。お土産も買ってきますから、楽しみにしていてください」

片道十五分ほどの距離はあっという間で、東京駅に降り立った和花はキャリーケースを下ろし、彼に小さく会釈する。

京都までは、新幹線で二時間ちょっとの距離だった。午後三時に到着し、指定された駅の出口を目指すと、そこには既に宮岸がいて和花を見て笑顔になる。

「お疲れ。迷わず来られたか？」

「前に来たことがあるので、何とか」

今夜宿泊するホテルは彼が予約してくれていたため、タクシーで清水五条《きよみずごじょう》駅に向かった。そしてチェックインし、荷物を置いてからイベントスペースまで歩く。

「設営はうちの会社が担当で、午後四時までに終わる予定でいるんだ。そこからブランドのスタッフが商品の陳列をするんだけど、尾立さんにはその傍らで装花の作業をしてもらうことになる」

「わかりました」

ホテルからイベントスペースまでは、徒歩五分くらいだった。

建物の傍まで来ると、大きなトラックが二台停まっており、たくさんの人が出入りして慌ただしく作業している様子が伝わってくる。会場は明るく、八十人を収容できる広さで、あちこちに陳列棚やトルソー、ラックが置かれていた。

イベント会社のスタッフやブランドのデザイナーと挨拶を交わした和花は、早速バックヤードに届いていた花材のチェックを始める。状態を確認し、バケツに水切り用の水を用意したあと、ラフ画を見ながら作業に取り掛かった。

このとき活躍するのが、持参した道具だ。糸巻針金は枝や茎をまとめて固定するのに使うワイヤー状のもので、なるべく目立たないよう緑と黒、茶色の三種類を使い分けている。ホッチキスは葉を丸めて留めるときや枝が少し折れてしまったときに重宝するもので、花鋏やニッパーといった小道具をすべて作業エプロンのポケットに入れ、腕まくりをした和花は作業を進めた。

教室の静かな雰囲気の中で花を生けるのとはまったく違い、こうしたイベントの装花にはライブ感がある。花鋏でどんどんいらない部分を切り落とし、太い枝は足を使ってへし折るなど荒っぽい動きもするが、限られた時間内にきれいなものが出来上がれば何の問題もない。

実際に仕入れた花材の状態により、ラフ画のとおりに生けるのが難しいときもあるものの、そこは腕の見せ所だ。さまざまな道具を使って微調整し、ときどき引きで見ながらバランスを整えていく。

やがて出来上がったのは、〝瑞々しいエレガンス〟という展示会のテーマにふさわしい、白とダークカラーの植物、緑をメインにした装花だった。

ウツギや百合《ゆり》、カラー、アナベルなどのエレガントな白い花に、黒ダリアの黒蝶《こくちょう》、フィロデンドロン、フィカス・バーガンディといった黒い植物を合わせ、リキュウソウの緑でアクセントをつけたアレンジは、上品かつシックな雰囲気で会場のあちこちを彩っている。

特に中心に置かれた一番大きな花台は天井に届きそうなほど高く、スモークツリーやスマイラックスのボリュームがパッと目を引き、高級感がありながらも奔放さを感じさせて華やかだった。

気がつけばデザイナーとブランドのスタッフたち、そして宮岸が会場を眺めていて、感嘆の眼差しで言う。

「すごいな。無機質だったイベントホールが、こんなに華やかになるなんて」

「今回のコレクションのイメージにぴったりですよね」

クライアントである彼らに満足してもらえ、和花は心からホッとする。

明日は展示会が始まる前に出来栄えを再度チェックし、必要なら手直しをして、午後七時のイベント終了後に撤収作業をする予定だ。和花がそう告げると、デザイナーが頷いて言った。

「ありがとうございます。明日もよろしくお願いします」

その後、作業で出た大量の枝葉や使ったバケツ、仕事道具を片づけているところで、宮岸が近づいてきて言う。

「ご苦労さん。やっぱり尾立さんの仕事は、すごいな。デザイナーの深谷《ふかや》さん、『コレクションのイメージそのものだ』って満足してたよ」

「ありがとうございます」

「このあとだけど、飯でも食いに行かないか？　今日の慰労を兼ねて、俺が奢《おご》るよ」

「いいんですか？」

片づけを終えた和花は、彼と連れ立ってタクシーに乗り込む。

向かったのは、烏丸《からすま》駅のすぐ傍にあるおばんざいの店だった。店内は盛況で、旬の京野菜を使った料理を数多く取り揃えている。

「すごい、たくさんあって目移りしますね」

「前にも来たことがあるんだけど、この店は何を食っても美味いよ」

宮岸と相談して、海老芋《えびいも》の湯葉あんかけとセセリの塩焼き、鰻《うなぎ》ときゅうり、花茗荷《はなみょうが》の三杯酢などを頼み、ビールで乾杯する。グラスの半分ほどを飲んで、彼が言った。

「尾立さんの装花の様子を見てたけど、本当に作業が早いよな。動きに全然迷いがないっていうか、よどみのない動きで」

「事前に詳細なラフを作って、イメージを固めていたので。イベントやデモンストレーションは大抵時間が限られてますから、本番で迷っている暇がないんです」

それでも花材の状態によっては狙ったフォルムを出しづらいときがあり、針金やホッチキス、麻紐などを使って調整しなければならず、傍から見ているより焦っていることが多い。

和花がそう言うと、宮岸が噴き出した。

「へえ、そうなのか」

「うっかり枝を切りすぎて、修正に手間取ってしまったり。イベント装花は華道の花生けとはまったくスタンスが違っていて、それが難しい反面、面白さもあるんです」

瓶ビールを空けたあと、日本酒を勧められた和花は、「わたしはいいです」と言って断ろうとする。しかし彼が「まあまあ」と言い、強引にお猪口《ちょこ》に注いだ酒を押しつけてきた。仕方なく口をつけながら、和花は宮岸に聞かれるがままに冬也と結婚に至った経緯を語る。

「母がわたしにまったく男っ気がないのを心配して、お見合いをセッティングしたんです。相手は家元の三男で家を継ぐ立場になくて、でも華道家として活躍している人ですから、婿にするのに打ってつけだと思ったようで」

　初めて釣書を見たときは、冬也の端整な顔立ちに驚いた。その後彼の作品をウェブで見て感銘を受けたのだと説明すると、宮岸が「ふうん」とつぶやく。

「イケメンの華道家か。そういう人って、わざわざ見合いをしなくても充分もてるんじゃないの」

「わたしもそう思いました。でも母が『事情は人それぞれだし、もしかしたら仕事優先でそういうご縁がなかったのかも』『男の人の三十歳は、今はさして晩婚ではないし』って言って」

「あー、まあ、確かにな。俺も三十一だけど、まだ結婚してないし」

　お造りの平目に山葵《わさび》を付けながら、彼がチラリと笑って言う。

「気になってる相手はいるんだけどな。バリバリ仕事をしてて、一緒にいて楽しい、それでいて美人の」

「いいんじゃないですか？　宮岸さんは明るくて話題も豊富なので、きっとアプローチしたら上手くいくと思います」

「そうかな」

　それからしばらく、宮岸が仕事で携わったイベントの話や、荒唐無稽なことを言うクレーマーの話に花を咲かせた。

気がつけばかなり日本酒を飲まされており、酔いを感じた和花は「ちょっと化粧室に行ってきます」と言って席を立つ。そして鏡を見つめ、赤くなった頬に触れて小さく息をついた。

（だいぶ酔ってきちゃったし、もうそろそろ帰ろう。明日の仕事に差し支えたら困るもんね）

明日は朝九時半にイベントホールに行って装花の最終チェックを行い、そのあとは午後七時まで時間が空く予定だ。

そのあいだ、和花は観光名所をいくつか巡って一人の時間を満喫し、冬也や華道教室の講師たちに土産を買おうと考えていた。普段はそういう機会がほとんどないため、今からワクワクしている。

化粧を直して席に戻ると、テーブルにカシスオレンジのグラスが置かれていて、宮岸が言った。

「日本酒で結構酔ったみたいだから、口直しに甘めのカクテルを頼んでおいたよ」

「あ、ありがとうございます」

本当はこれ以上飲む気はなかったものの、せっかく頼んでくれたため、和花は「これが最後の一杯」と思って口をつける。

だが彼が休日に参加している社会人サッカーの話を聞いているうち、急速に眠気がこみ上げてきた。

（何だろう、最近疲れてたから？　早くホテルに帰らないと——）

頭ではそんなふうに考えていても、瞼《まぶた》が重くて目を開けることができない。すると宮岸が肩に触れ、軽く揺さぶりながら言った。

「尾立さん、もう帰るよ。会計しておくから」

「……はい」


それから和花はすっかり寝落ちしてしまい、ぼんやりと目を開けたときには知らない部屋の中だった。一瞬自分がどこにいるのかわからず、ひどく混乱する。

（わたし、一体どこにいるの？　確か出張で京都に来てて、昨夜は作業が終わったあとに宮岸さんと飲んでて……それで）

そのとき素肌にシーツが触れる感触がし、自分が全裸であるのに気づいた和花はギクリとする。

それと同時に隣で身じろぎする気配がして驚いて視線を向けると、そこに横たわっているのは宮岸だった。彼も和花と同様に何も着ておらず、眠そうに目を開けてこちらを見る。

「……起きてたのか。今、何時？」

心臓がドクドクと速い鼓動を刻み始め、和花は青ざめながら身体を起こす。そして寝具で胸元を隠しつつ、彼に問いかけた。

「あの……これって一体どういうことですか？　わたしたち、まさか……」

「覚えてないのか？」

宮岸が欠伸をしながら身体を起こし、笑って答える。

「見てのとおりだよ。俺と尾立さんは、昨夜抱き合った」

「……っ」

「飯を食ってた店で、急に寝ちゃってさ。同じホテルに部屋を取ってるから送っていこうとしたんだけど、カードキーとか取り出せる状態じゃなくて、仕方なく俺の部屋に連れてきたんだ。そうしたら、尾立さんのほうからぎゅっと抱きついてきて、『一緒に寝て』って言うからこういうことに」

それを聞いた和花は、信じられない気持ちでいっぱいになる。

確かに昨夜は途中で寝落ちしてしまい、彼に迷惑をかけた記憶はうっすらあるものの、自分のほうから抱きついて「一緒に寝て」などということがあるだろうか。

（ううん、ありえない。わたしは結婚するまで男の人と深くつきあった経験がなかったし、冬也さんにだってそんな甘え方をしたことがないんだから）

だが問題は、自分たちが裸でベッドにいて和花に昨夜の記憶がないことだ。

状況だけ見れば不貞を犯したとしか思えず、手のひらに嫌な汗がにじむ。宮岸に対しては今までまったく特別な気持ちを抱いていなかっただけに、余計にショックが大きかった。

そんな和花の顔を覗き込み、彼が思いがけないことを言う。

「俺が昨夜誘われて断らなかったのは、尾立さんのことが好きだったからだよ」

「えっ」

「半年ぶりに仕事の話で会ったとき、君の左手の薬指に指輪があるのを見てショックを受けた。前からいいなって思ってて、でも忙しさにかまけて連絡の間が空いたところで、相談もなしに結婚されてすごく動揺したんだ。しかも相手を見合いで決めたんなら、別に恋愛感情はないんだろ」

宮岸の言葉に、和花は「それは……」と言いよどむ。

きっかけこそ見合いだったが、和花は婚約期間で冬也のことが好きになり、彼に対する明確な恋愛感情があった。だが宮岸にそれを説明するのも気が引けて、気まずく黙り込む。

するとそんなこちらを見つめ、彼が言葉を続けた。

「今回の展示会の打ち合わせで何度も顔を合わせるうち、俺の中で尾立さんへの気持ちはどんどん強くなっていった。一緒に過ごす時間が欲しくて何度か食事に誘ったけど、君は『主人が家で待ってるから』と言って全然つきあってくれなかったよな。でも、ようやくサシ飲みできた昨日は話が弾んだし、酔ってくると無防備な表情も見せるようになって、すごく可愛かった」

宮岸が「だから」と言って手を握ってきて、和花はドキリとして振り払おうとする。

それを強引に押さえ込んで強く握りしめながら、彼が熱っぽい眼差しで言った。

「俺は尾立さんとこういう関係になったのを、まったく後悔していない。むしろ一度触れたことで、余計に強く気持ちを自覚した気がする」

「な、何を言って……」

「――ご主人と別れて、俺とつきあってくれ。絶対に後悔させないから」

＊＊＊

九月七日頃は二十四節気で〝白露《はくろ》〟と呼ばれ、草葉に夜露がつき始める時季だ。朝晩の気温差でようやく秋の気配を感じ始め、九月九日の〝重陽《ちょうよう》の節句〟では菊を飾って長寿を願う。この頃の花材は秋海棠《しゅうかいどう》や萩、山牛蒡《やまごぼう》など、雰囲気のあるものばかりだ。

今日の冬也は、出張で不在の和花に代わって家元である十糸子に稽古をつけてもらっていた。尾立家の屋敷の一室で正座をした冬也は、黒い塗りの手桶に向かって花を生ける。

選んだ花材は、秋らしい数種類だった。白花の杜鵑草《ほととぎす》を一輪だけ〝芯〟に見立て、芯の真ん中より下、手前前方でボリュームを出すための〝体〟に紅白の秋明菊《しゅうめいぎく》、クリサンセマム、タムラソウなどをあしらう。

そして中心の上方に伸びる〝添えもの〟として、水引《みずひき》という植物を使った。水引は細い茎についた、上からは赤く下からは白く見える花の様を熨斗《のし》にたとえた植物だ。

あらゆる方向から出来栄えをチェックし、納得いくものに仕上げた冬也は、「できました」と告げる。すると十糸子が立ち上がり、隣に座って「拝見します」と言った。

彼女はしばらく無言で作品を眺め、やがて頷く。

「黒い塗りの手桶という器を使って、秋草をきれいな作品に仕上げましたね。尾立流の〝芯〟、〝体〟、〝添え物〟というセオリーをきちんと理解し、かつ手桶の持ち手を絵画のフレームのようにしながら、口の部分で上手にまとめています。素晴らしい作品です」

「ありがとうございます」

及第点をもらった冬也は、ホッと胸を撫で下ろす。普段の十糸子は娘婿に対して気さくに接してくれているが、こうして家元の顔をすると品格と威厳があり、目の前で花生けをするときは緊張感があった。彼女がふっと気配を緩めて言った。

「尾立流の稽古は、順調に進んでいるようですね。早ければ来月には、師範科を修了できそうだと和花から聞いています。最終試験は私が見ますから、楽しみにしていますよ」

「はい。心して臨みます」

「そういえばあの子は今日京都から帰ってくるけど、到着が遅いんでしょう。冬也さん、うちでお夕飯を食べていったらいかが？」

義母らしい気遣いを見せてくれる十糸子に、冬也は礼を述べる。

「いえ。和花さんはイベント終了後に即撤収作業で、もしかしたら何も食べずに帰ってくるかもしれませんから、軽い夜食を作って待ちたいと思います」

するとそれを聞いた彼女が眉を上げ、肩をすくめて言う。

「あらあら、ご馳走さま。冬也さんは本当にまめな人よねえ、あの子は果報者だわ」

午後六時に退勤し、マンションに帰宅した冬也は、洗濯と掃除をした。そして鶏《とり》ひき肉の団子が入った野菜たっぷりのスープを作り、小さなおにぎりを握ってオレンジも切っておく。

（もし和花が「夜食はいらない」と言ったら、明日の朝食にすればいい。何時の新幹線に乗るのかな）

そう考えながら和花からの連絡を待ったものの、午後十時を過ぎてもメッセージがこない。こちらから送ったものは既読にはなっているものの返信がなく、電話をかけても出なかった。

（「帰りに迎えに行く」と言ったとき、和花は了承していた。もしかして具合でも悪いのかな）

午後十時五十分、冬也は車のキーを手に自宅を出る。

運転して向かったのは、東京駅だった。夜で道が空いているせいか十五分もかからずに着き、駅前で待っている旨をメッセージで送って待つこと五分、キャリーケースを引いた和花が駅から出てくる。冬也が車から降り、「和花」と声をかけると、彼女が目を瞠り、小さな声でつぶやいた。

「……冬也さん。すみません、迎えに来ていただいて」

「それは全然いいけど、何回メッセージを送っても返信がないから、心配した。具合でも悪いのか？」

和花が頷き、伏し目がちに答える。

「はい。ちょっと……疲れてしまって」

「そうか。だったら早く休んだほうがいい。帰ろう」

荷物を後部座席に積み込み、ハザードランプを切った冬也は車を発進させる。

助手席に座る彼女は、言葉どおり元気がなかった。自宅マンションに到着し、夜食を食べるかどうか聞いても「食欲がない」と言う。ならばとあらかじめ沸かしていた風呂を勧めると、頷いてバスルームに入っていった。その後ろ姿を見送り、冬也派は小さく息をつく。

(あの様子だと、だいぶ疲れているみたいだ。明日の仕事に差し支えなければいいけど)

和花は長いこと、風呂から出てこなかった。

「もしかして眠ってしまっているのか」と心配になった冬也は様子を見に行こうとしたものの、ちょうどそのタイミングでバスルームの扉が開く音がする。

ドライヤーで髪を乾かしたあと、彼女がリビングに戻ってきたのは午前零時を十五分ほど過ぎた頃だった。パジャマ姿の和花が、小さな声で言う。

「すみません、先に休ませてもらっていいでしょうか」

「もちろん。俺はこれから風呂に入るけど、君はすぐに寝たほうがいい」

彼女がどこかホッとした様子で、寝室に入っていく。

翌日の土曜日は通常どおりに仕事があり、和花はいつもの時間に起きてきた。洗面所を出たところで彼女と行き合った冬也は、その頬に手を伸ばして問いかける。

「おはよう。昨夜は疲れがひどかったようだけど、今日はどうかな。もしつらいなら、仕事を休んだほうがいいんじゃないか」

「……っ！」

何気なく伸ばした手が頬に触れた瞬間、和花がビクッとしてそれを払いのけ、冬也は驚きに目を見開く。すると彼女自身もそんな自分の行動に驚いた顔をしながら、しどろもどろに言った。

「すみません。その……びっくりしてしまって」

「…………」

「体調は大丈夫です。いつもどおりに仕事に行きますから」

その言葉どおり、和花は出勤して仕事をこなしていたものの、時間が経つにつれて冬也は徐々に不審感を強めていくことになった。

（和花の態度がおかしい。もしかして彼女は、俺を避けてる……？）

出張帰りにメッセージの返信をせず電話にも出なかったこと、帰宅したあとの会話がぎこちなかったことはもちろん、職場でも彼女は冬也が話しかけようとするとそそくさといなくなってしまう。

十糸子に「あなた、京都のお土産は何もないの」と聞かれ、慌てて言い訳をしていたのも印象的だった。普段の和花なら、事前に母親から頼まれていた土産を買い忘れることなどありえない。

（京都で何かあったのか？　それとも――）

本当は体調が悪いのを、周囲に隠しているのだろうか。

そう思った瞬間、冬也の頭をかすめたのは、「まさか妊娠したのか」という考えだった。妊娠初期はやたらと眠くなったり、食欲不振や吐き気が出やすいというが、和花の様子は何となくそれに当て嵌まるような気がする。

（最近は彼女を抱いても、二回に一回は中で出さないようにしていた。避妊具《ゴム》を着けていないから完全に避妊するのは難しくても、ある程度は妊娠を回避できると思っていたのに）

彼女が妊娠して出産をすれば、自分たちの結婚生活は終わってしまう。

それをできるだけ先延ばしにしたい冬也は、「子どもができなければいいのだ」と考えた。避妊具を着けずに性行為をする時点で妊娠のリスクは大きいものの、膣内射精を避ければ少しは確率が下がる。

だがそれでも妊娠したのなら、「そうした行為をしていたのだから、当然だ」と言わざるを得ない。

（いや、まだ和花から直接そう言われたわけじゃないんだから、確定ではない。でももし妊娠していたら――）

その時点で、自分たちの離婚へのカウントダウンが始まることになる。そんな結論に達し、冬也はぐっと奥歯を噛んだ。

和花のよそよそしさは妊娠したからであり、もうこちらを用済みだと考えたからこそだと思えば納得ができて、じりじりとした焦りがこみ上げる。

本当は夫婦の間に子どもができたのは喜ばしいはずで、彼女もお腹《なか》の中の子も大事にしたい。できればこの先もずっと婚姻関係を維持し、子育てに積極的に関わっていきたい気持ちがあるが、和花はどう思っているのだろう。

(今の俺との生活に満足してくれていれば、離婚せずに済むのかもしれない。でも、やっぱり愛情を抱けないなら……)

彼女はきっと、出産を終えた時点で別れを切り出してくるに違いない。

なぜなら尾立家が裕福で和花は次期家元の地位を約束されており、経済的な不安がないからだ。実家に戻って暮らせば母親の十糸子と家政婦がいるため、一人で育児せずに済むだろう。

つまり冬也がいなくてもまったく困らず、最初の目的だった流派の跡取りを得て平穏に暮らしていける。そう思うものの、諦めきれない執着が燻《くすぶ》り、冬也はじっと考えた。

(いや、諦めるのはまだ早い。たとえ妊娠していたとしても、出産まではまだ何ヵ月もあるんだから、俺と夫婦を続けることのメリットを伝えるべきだ)

和花は好きな相手に対して、想いを伝える気はないと言っていた。

ならばわざわざ自分と離婚する必要はなく、子どもに父親がいることの利点を取ったほうがいい。そう説得しようと心に決め、ぐっと眦《まなじり》を強くした。

とりあえずは和花の態度を注視し、折を見て妊娠したのかどうかを確かめよう。そう気持ちに折り合いをつけ、冬也は昼食を取るために母屋に向かう。

すると渡り廊下を歩いているところでスマートフォンが鳴り、ディスプレイを確認すると、そこに表示されていたのは思いがけない人物だった。

（これは……）

一瞬どうするべきか迷ったものの、結局冬也は指を滑らせ、電話に出る。

「はい、もしもし」

『すみません、冬也さんですか？　わたし、神嶋翠《かみしまみどり》です』

電話越しに聞こえるのは若い女性の声で、言葉を続ける。

『突然電話をしてごめんなさい。私、他に頼れる人がいなくて、それで』

どこか取り乱した様子の彼女——翠は、冬也の友人である神嶋朗《あきら》の妹だ。

朗は中学校の頃からの親友で、大人になっても親しく顔を合わせる間柄だった。しかし三年前に彼が交通事故で亡くなり、それをきっかけに翠とは距離ができている。

つまり直接の友人ではないわけだが、突然こちらに連絡してきた理由は何なのだろう。そう考える冬也に、電話の向こうの彼女が焦った口調で言う。

『実は父が、突然倒れてしまって。どうしていいかわからないんです』

「えっ？」

『先ほど胸を押さえて苦しみ出して、急いで救急車を呼びました。母は同乗して病院まで一緒に付き添っていったんですけど、私はこのあと具体的にどうしたらいいかわからなくて、それでスマホの電話帳で見つけた冬也さんの番号にお電話したんです』

翠は泣き出す寸前で、動揺で声が震えている。

大雑把な事情がのみ込めた冬也は、スマートフォンを握る手に力を込めて言った。

「とりあえず、お父さんの保険証を捜して病院に持っていくべきだ。緊急手術をするとなると同意書にサインをしなければならなくなるから、印鑑もあったほうがいいかもしれない。支払いはあとでも構わないはずだが、現金をいくらか持っていたほうが安心だと思う」

『は、はい。冬也さん、これから来ていただくわけにはいきませんか？　私、一人じゃ不安で』

「――……」

時刻は十二時半になる少し前で、午後二時の教室が始まるまで一時間半ほどあった。

翠は亡くなった親友の朗が溺愛していた妹であり、現在二十一歳のはずで、その若さなら確かに不安もあるだろう。そして神嶋家の住まいは新宿区若宮町《わかみやちょう》の高級レジデンスで、ここから目と鼻の先だ。

行って戻ってくる時間は充分にあると判断した冬也は、頷いて答えた。

「わかった。仕事の休憩時間を利用して行くから長時間は一緒にいられないが、これからそっちに向かう。――ああ。もう少し待っていてくれ」


神嶋家の自宅があるレジデンスまでは、タクシーで五分ほどの距離だった。

そのまま建物の前で待っていてもらい、エントランスで記憶を辿《たど》りながら部屋番号のインターホンを押すと、すぐに入り口のロックが解除される。エレベーターで部屋に向かい、再度玄関のインターホンを押したところで、ドアが開いて翠が飛び出してきた。

「冬也さん……っ」

彼女は緩やかに波打つ栗色《くりいろ》のセミロングの髪と白い肌、清楚な美貌を持つ可憐な女性だった。

会うのは約三年ぶりだが、以前と比べて顔立ちが幾分大人っぽくなったものの、庇護欲をそそるような雰囲気は変わっていない。翠が冬也の服の袖をつかみ、ポロポロ涙を零《こぼ》して言った。

「来てくださって、ありがとうございます。私、一人では不安だから思わず連絡してしまって」

「お父さんが運ばれた病院は？」

病院はここから車で十分ほどのところにある大学病院だといい、必要なものを持って二人でそこに向かう。

するとそこでは翠の母親が不安そうな顔で待っていて、冬也を見ると目を丸くして言った。

「まあ、眞敷くん？　お久しぶりねえ」

「ご無沙汰しています」

彼女は一人自宅に残された翠が混乱して冬也に連絡したこと、一人では不安だという言葉を聞いて駆けつけたのだと聞くと、困惑した表情で娘に向かって言う。

「翠、眞敷くんにご迷惑でしょう。お仕事だってされているはずなのに」

「だって私、どうしたらいいかわからなくて。冬也さんならきっといいアドバイスをしてくれると思って、電話をしたの」

父親は現在検査中だといい、最近心臓の持病が悪化していたことから、おそらく入院して手術になるのではないかと母親が語った。冬也は頷き、母親に向かって告げる。

「お父さんの保険証と、手術の同意書に捺《お》す印鑑、それに現金が多少あったほうがいいと翠さんに告げ、それを持ってきました」

「まあ、ありがとう。私も翠も、こういうときにすぐパニックになってしまって。いつも主人に頼りきりなものですから、眞敷くんが来てくださって助かりました」

このまま帰るのもどうかと思い、冬也は座って彼女たちと世間話に興じる。

そして一ヵ月半ほど前に結婚したこと、相手は同じ華道の家系の人間で自分が婿に入ったのだと語ると、二人は驚いた顔をした。

「尾立流っていうと、あの有名な？　市谷に大きなお屋敷を構えている流派でしょう。まあ、お婿に入られたの」

「妻は次期家元のため、結婚相手は婿入りできる人間が条件だったので」

「眞敷くんは三男ですものね。でしたらもう、〝尾立さん〟とお呼びしなきゃいけないわね」

チラリと腕時計を確認すると、時刻は午後一時二十分だった。冬也は長椅子から立ち上がり、二人に向かって言う。

「午後の仕事がありますので、僕はこれで失礼します」

「そうよね、お仕事の休憩時間に来てくださったのよね。今日は娘の我儘《わがまま》を聞いていただき、本当にありがとうございました。こんな状況だけれど、久しぶりにお会いできてよかったわ。今度はぜひ朗のお仏壇にお線香を上げに来ていただけると、あの子も喜ぶと思います」

「ええ。機会がありましたら、お伺いさせていただきます」

一礼し、病院の出口に向かって歩き出すと、しばらくして後ろから「冬也さん」という声が響く。

振り返るとそこには、こちらに駆け寄ってくる翠の姿があった。

彼女は冬也の前で足を止めて言う。

「わざわざ来てくださって、ありがとうございました。急なことだったのに、適切なアドバイスをしてくださった上に病院にまで同行してくれて、本当に感謝しています」

「いや、いいよ」

「それより冬也さんがご結婚されたと聞いて、驚きました。奥さまは次期家元っておっしゃってましたけど、そんなところに婿入りして気まずくはないんですか？　おうちの中での立場が弱いんじゃ」

やはり〝婿入り〟というと、世間一般ではそうした印象を抱くらしい。そんなふうに考えながら、冬也は苦笑いして答えた。

「俺は婚家でとてもよくしてもらっているし、尾立流の教室の仕事も楽しいよ。もうすぐ師範の免状をもらえる予定だから、しばらくセーブしていた外の仕事を徐々に再開しようと思ってる」

「そうですか」

病院の入り口で翠と別れた冬也は、車寄せに停まっていた客待ちのタクシーに乗り込み、尾立家の屋敷に戻る。

今日は土曜日のため、二時から四時までの教室で仕事は終わりだ。帰宅後は家でゆっくり料理をし、和花と二人の時間を持とうと冬也は考えていた。

（和花が妊娠しているかどうかについては、彼女が言い出すまでは聞かないでおこう。わざわざ波風を立てる必要はないんだから）

とはいえ落ち着かない気持ちは変わらず、じりじりとした焦りがこみ上げる。

和花にまた素っ気ない態度を取られるかもしれないことを思うと、胸の中に重苦しさが渦巻いていた。

小さく息をついた冬也は、目的地に停車したタクシーの料金を精算する。そして外に降り立ち、尾立邸の立派な門扉を見つめると、目を伏せて敷地の中に足を踏み入れた。

第七章

土曜日の華道教室は午前中と午後の最初の時間帯しか開催しておらず、平日に比べてほんの少し楽なスケジュールだ。

しかし物品庫でデモンストレーション用の花器を選ぶ和花の表情は、冴えない。理由は一昨日と昨日の京都出張にあった。

（まさか宮岸さんと、あんなことになっちゃうなんて。……自分の脇が甘かったとしか思えない）

数年来のつきあいである彼を、和花は信頼していた。

だが元々仕事を通じて知り合った仲であり、きっちり線を引いてつきあってきたつもりだ。まさか宮岸がこちらを特別な目で見ているとは思わず、そんな相手と二人きりで飲みに行ってしまった自分に忸怩たる思いがこみ上げる。

（ううん、本当はちょっと予兆みたいのは感じていたかも。展示会の打ち合わせで京都に行く前に何度か顔を合わせたけど、彼はそのたびに飲みに誘ってきた。それにわたしの結婚報告にショック

を受けた顔をしていたし、変な絡み方をしてきたから、布石はあったのかもしれない）

ホテルで宮岸と裸でベッドにいるのに気づいたとき、和花は真っ青になった。

彼は「尾立さんとこういう関係になったのをまったく後悔していないし、むしろ一度触れたことで余計に気持ちを自覚した」「ご主人と別れて、俺とつきあってくれ。絶対に後悔させないから」と言ってきたが、和花はそれを断固として拒否した。

そして宮岸を振りきり、急いで衣服を身に着けて部屋を出て、目まぐるしく考えた。彼は自分たちが抱き合ったと主張していたが、こちらにはまったく記憶がなく、合意の上だとは思えない。

そもそも昨夜の店で和花は一旦席を外したあと、宮岸がオーダーしたというカクテルを飲んで急激な眠気に襲われた。もしかすると一服盛られたのかもしれず、一連の流れには不審な点が多すぎる。

熟考の末、和花は展示会で装花の最終チェックをしたあと、ネットで調べた京都市内の婦人科を受診した。そして「意に染まぬ性行為をされたかもしれない」と相談し、診察を受けた結果、行為をした痕跡が見当たらないこと、体内から精液なども発見されなかったことを医師から告げられ、大いに安堵した。

（わたしと宮岸さんに、抱き合った事実はなかった。それはよかったけど、だったら彼は何であんな嘘をついたんだろう）

考えられるのは、宮岸が寸前で怖気づいたということだ。こちらの合意を得ないまま性行為をするのは犯罪であり、いざ行為をしようとしたときに躊躇いがこみ上げたのかもしれない。

だがこちらの衣服を脱がせて全裸にしたことだけでも充分に性犯罪であり、断じて許せることではなかった。そう考えた和花は、展示会の開催中に現場にいた宮岸を「昼休憩のときに話したい」と言って呼び出し、カフェで彼を問い質した。

『宮岸さんが言っていたことが信じられなくて、わたしは午前中に婦人科を受診しました。そうしたら、性行為の痕跡が見当たらないと医師から言われたんです。これって一体どういうことですか？本当は何もなかったのに、どうして宮岸さんはあんな嘘をついたんですか』

すると宮岸はニッコリ笑い、和花を見つめて答えた。

『何言ってるんだよ。俺と尾立さんは、昨夜本当に抱き合った。あんなに激しかったのに、全然覚えてないのか？』

『覚えてるも何も、専門医がそういう痕跡はないと言っている以上、事実ではないということですよね』

『なあ、俺はもう尾立さんの身体の隅々まで知ってるよ。胸の大きさや形、触り心地や匂いも――』

『……っ』

たとえ抱き合っていなくても、意識のないうちに裸にされて身体を見られたのは事実であることを思い知らされ、和花は激しい羞恥をおぼえた。

しかもこちらが知らないあいだに、スマートフォンで写真を撮られた可能性も充分ある。

（でも、確かめようがない。彼からスマホを取り上げてロックを外すのは無理だし、「そんなことはしてない」って言われればそれまでだもの）

もし自分の裸の写真が存在していて、リベンジポルノよろしくそれを外部に流出されたらどうしたらいいのか。そう目まぐるしく考える和花を見つめ、宮岸が微笑んで言った。

『今朝言ったとおり、俺は尾立さんのことが好きだから、こういう関係になったことにまったく後悔はないよ。見合いで結婚した相手なんかより、俺とのほうが絶対相性がいいって。話もそうだけど、身体も合う相手のほうが一緒にいて幸せじゃないか？』

それからしばらく話したものの、彼はこちらと肉体関係を持った前提でしか話さず、堂々巡りだった。

埒《らち》が明かずにカフェをあとにし、夜の撤収作業後に話しかけられても事務的な返答しかせずに二日間の出張を終えたものの、あれから宮岸からは何度もメッセージがきている。内容は「会いたい」「いつなら都合がつく?」という内容で、和花はひどく動揺していた。

彼が火遊びのつもりでアプローチしてきているのか、それとも本気でつきあおうと考えているのかは、わからない。宮岸の気持ちに応える気はないため、今のところメッセージには一切返信していないが、この様子では放置して諦めるとは思えなかった。

（逆上して妙な行動を起こされても困るし、ずっと無視し続けるのは悪手だよね。仕方ない、返信しよう）

そう考えた和花は、スマートフォンを開いてトークアプリのアイコンをタップする。

そして彼に対し、「仕事が忙しいため、会うことはできません」「あなたの気持ちに応えることもできませんので、もう連絡を控えていただけませんか」と返信し、ディスプレイを閉じた。

まずはこうしてはっきり拒絶の意志を示し、もし今後も何か言ってくるようであれば、宮岸の会社に悪質なセクハラとして訴えるしかない。今回の仕事は彼の勤務先から正式に依頼を受けてのものであり、出張中の宮岸の行動は公私混同といって差し支えないものだからだ。

（でも宮岸さんとそういう関係になった痕跡はないって病院で言われたけど、わたしが彼とホテルに一泊したことも、裸でベッドにいたことも事実なんだよね。客観的に見れば、不貞を犯したと言われても仕方がない）

イベント企画会社にどう思われるかを想像し、和花の胃がぎゅっと締めつけられる。

それ以上に気になっているのが、冬也のことだった。もし彼が今回の件について知った場合、疑わしい行動を取った自分を一体どう思うだろう。

時間が経てば経つほど自身の脇の甘さに罪悪感がこみ上げ、和花は帰りの新幹線の時刻を冬也に連絡することができなかった。それでも東京駅で待っていた彼は、「疲れている」という和花の言葉を信じて体調を気遣ってくれたものの、ぎこちない反応しかできずに今に至る。

（冬也さん、たぶんわたしの態度がおかしいことに気づいてる。……でも、どうしたらいいんだろう）

京都での一件は和花にとってショックな出来事であり、まだ完全に消化できずにいた。

冬也にすべてを打ち明けたほうがいいのかもしれないが、「実際に事には及んでいないものの、宮岸と一夜を過ごして彼に裸を見られてしまった」と告げるのはハードルが高く、躊躇いがこみ上げる。

（そうだよ。きっと冬也さんは、わたしを危機意識の低い女だって考えて軽蔑する。そして妊娠を待たずに離婚する気になるか、「子どもなら、その男との間に作ればいい」って言い出すかも）

そんな考えに至り、和花はかすかに顔を歪める。

和花が欲しいのは、冬也の子どもだ。相手が誰でもいいわけではなく、彼を諦めるためにせめてその血を引く子を生みたいと願った。だがここ最近の冬也は抱き合っても中で射精しないことがあり、妊娠するのを避けているのかと思う瞬間がたびたびあって、和花は彼の気持ちがわからず悶々《もんもん》としていた。

（わたしは……）

この期に及んでも、できるかぎり冬也との結婚生活を続けていきたいという思いを消せず、和花は重苦しい思いでため息をつく。

彼との関係に波風を立てないためには、宮岸の件について黙っていたほうがいい。そう思うものの、隠し事をしているという罪悪感があり、どういう顔をして冬也と向き合っていいかわからなかった。

迷った末に和花は再びスマートフォンを開き、彼にメッセージを送る。内容は「母に相談したいことがあるので、今日は実家に泊まります」というものだった。

(冬也さんと一緒にいるのは気まずいから、今日くらいは実家《ここ》に泊まってもいいよね。明日はちゃんとマンションに帰ろう)

少し時間をかけ、自分の気持ちを整理してから自宅に帰ったほうがいい。

そう結論づけた和花は廊下を進み、母屋で行き合った家政婦に十糸子の居場所を聞く。すると彼女が衣装部屋にいるのがわかり、そちらに足を向けた。

六畳の衣装部屋には桐の箪笥《たんす》がいくつも並んでいて、その中で十糸子が着物や帯を何枚も出して鏡の前にいる。そして和花の姿に気づくと、一枚を身体に当てて問いかけてきた。

「明日の夜、寶田《たからだ》ギャラリーのオーナーと銀座で会食があるの。どのお着物がいいと思う？」

「そっちの琳派《りんぱ》の菊花紋《きっかもん》が、秋らしくていいんじゃない？　ところでお願いがあるんだけど、わたし、今日はここに泊まってもいいかな」

するとと彼女が眉を上げ、意外そうに言う。

「どうしたの、いきなり。冬也さんと喧嘩《けんか》でもした？」

「そういうんじゃないけど、その……ちょっと里心がついたっていうか」

モゴモゴと言い訳をすると、十糸子が噴き出す。

「いいわよ、別に。ここはあなたの家なんだし、何も遠慮することないわ。せっかくだから、今夜は一緒にお酒でも飲みましょう」

＊　＊　＊

神嶋翠と別れた冬也が尾立家の屋敷に戻ったのは、午後一時半頃だった。

二時からの教室には三十分ほど時間があり、母屋のダイニングに行くと家政婦が作ってくれた昼食がラップを掛けて置かれている。添えられたメモには、買い物に行くので三十分ほど不在にすること、味噌汁と丼は自分で温めてくれるように書かれていた。

今日のメニューは卵黄を載せた豚の照り焼き丼とほうれんそうのお浸し、わかめと豆腐の味噌汁、デザートの葡萄《ぶどう》だ。レンジで丼を温めた冬也は、慌ただしく昼食を終える。二時からの教室の準備は午前中にあらかた済んでいるものの、使う花材の状態や花鋏の数をチェックしたりと、仕事はいくらでもあった。

使用済みの食器を洗い、籠に伏せたところでスマートフォンの電子音が聞こえ、冬也は手を拭いてテーブルに戻る。すると和花からメッセージがきていて、「母に相談したいことがあるので、今日は実家に泊まります」という内容が書かれており、それを見た冬也はひどく困惑した。

（どういうことだろう。やっぱり和花は、俺を避けてるのか？）

昨夜出張から帰ってきたときから「疲れている」と言っていた和花は、今朝冬也が顔に触れようとした瞬間、ビクッとしてその手を払いのけた。

その後も口数が少なく、職場で話しかけようとしてもそそくさといなくなってしまって、極めつきがこれだ。直接顔を合わせて話すのではなく、トークアプリで伝えてくるところに、冬也はモヤモヤする。

ダイニングを出た冬也は廊下を歩き、居間を目指した。しかしそこには誰もおらず、教室がある離れに向かおうとした瞬間、二階から下りてきた和花と鉢合わせる。

「……あ」

こちらを見た彼女がギクリとした顔をするのがわかって、冬也はかすかに眉根を寄せた。

和花に歩み寄った冬也は頭ひとつ分低い彼女を見下ろし、抑えた声音で問いかける。

「さっきのメッセージだけど、お義母さんへの相談ってわざわざ泊まらないとできないことなのか？」

「それは……」

「何か悩みがあるなら、俺が聞くよ」

和花は視線を泳がせて押し黙り、こちらと目を合わせようとしない。

互いの間を重苦しい沈黙が横たわり、冬也は再度口を開こうとした。そのとき二階から十糸子が下りてきて、明るい口調で言う。

「あらあら、どうしたの、こんなところで。もうすぐ教室が始まりますよ」

「お母さん……」

「冬也さん、今日は和花をうちに泊めますね。この子が料理が全然できないのを気にしているものだから、ちょっと特訓してあげることになったの」

「えっ」

「不出来な娘で冬也さんに負担をかけてしまって、本当に申し訳ないわ。ごめんなさいね」

義母に謝られた冬也はそれ以上食い下がれず、「そうですか」と答える。

「料理はともかく、和花さんもたまには実家で羽を伸ばしたい気持ちがあると思います。どうかよろしくお願いします」

「ええ。任せてください」

話を切り上げた冬也は、踵を返して教室のある棟に向かう。

そして午後四時までの教室に指導助手として参加し、後片づけを終えて退勤すると、一人で自宅マンションに戻った。

十糸子はああ言っていたものの、冬也は和花が実家に泊まる理由が〝料理を習うため〟だとは思えない。おそらく義母なりに、娘を庇《かば》おうとして咄嗟についた嘘なのだろう。

（やっぱり妊娠したのか？　和花にとって俺はもう、用無しってことなのか）

ソファにゴロリと寝転がった冬也は、片方の腕を上げて目元を覆う。

結婚してまだ一ヵ月ちょっとしか経っていないが、これほど早く彼女が妊娠するのは予想外だ。とはいえ毎日のように避妊具なしで抱いていたのだから、当然といえば当然なのかもしれない。

リビングはうっすらと西日が差し込み、薄暗くなりつつあった。電気を点ける気になれずにそのまま寝転がっていると、ふいにスマートフォンが鳴る。

和花からの連絡かと考えて飛び起きた冬也は、手に取って確認した。するとメールが届いていて、送信者は〝神嶋翠〟となっている。

内容は、今日の昼間の件に対するお礼だった。突然連絡をして申し訳なく思っていること、すぐに駆けつけてくれてうれしかったことが綴られ、次第に文面が熱を帯びていく。

「三年前に兄が亡くなったことで我が家は火が消えたようなのに、このまま父も回復しなかったらと思うと、私も母もとても不安です」「でも冬也さんがいてくれたら、まるで兄が傍にいてくれるみたいに心強いんです」――そんな内容のメールを読んだ冬也は、心の中で「失敗したかな」と考えた。

（彼女が他者に依存しがちな性格なのは、三年前でわかっていた。放っておけなくて駆けつけたのは、今思うとあまりよくないことだったかもしれない）

中学二年生のときに同じクラスとなった朗とは馬が合い、高校と大学を卒業しても親しいつきあいが続いた。彼は歳の離れた妹の翠をことのほか可愛がっており、冬也が初めて会ったときの彼女は七歳だった。

両親にとって遅くにできた娘である翠は、家族中から溺愛されて育ったようだ。そのせいか彼女は周りの人間に何でも甘える性格に育ち、儚《はかな》げな美貌も相まってちやほやされていたらしい。

三年前も、そうだった。朗が交通事故に遭って亡くなったとき、翠は兄の親友である冬也に縋《すが》りついてきた。突然のことに動揺しているのだと考えた冬也は、できるかぎり彼女の相談に乗っていたものの、翠のこちらに対する依存心はエスカレートするばかりで、朗の四十九日を境に意図して距離を取った。

（あのときは昼夜を問わず連絡してきて、「寂しい」「お兄ちゃんのことを思うと眠れない、私が寝つくまで電話でずっとお話しして」とねだってきて、こちらの神経が参ってしまいそうになった。だから忙しさを理由に彼女と距離を取って、自然とフェードアウトしたけど……）

今日は急に父親が倒れて動揺している翠が気の毒になり、つい駆けつけてしまった。

だが以前のように依存されても、冬也は対応できない。以前とは違って結婚しているため、和花に誤解されるような行動はしたくないからだ。

（でも――）

もしかしたら、そんな気遣いは不要かもしれない。

和花は既に妊娠しているかもしれず、冬也を避けるようなそぶりをしている。ならばこちらの周辺に他の女性の影がちらついても、まったく気にしないどころか好都合だと考えるのではないか。

そんな自虐的な考えが心に浮かび、冬也はやるせなさを噛みしめた。

（とりあえず、無視するのも何だから返信しておくか）

そう考え、スマートフォンを操作して、「お父さんが無事に回復されるのを祈っています」という当たり障りのない内容のメールを返信する。

そしてディスプレイを閉じ、次第に暗くなっていく室内でため息をついた。気持ちが滅入り、このまま何もしたくない思いが芽生えるものの、こうして腐《くさ》っていても事態は変わらない。洗濯をし、掃除もして、和花が戻ってきたときに心地よく過ごせる環境を作るべきだろう。

明日は日曜で教室は午前中だけで終わり、午後とその翌日の月曜は冬也も和花も休みとなっている。彼女が実家に泊まるのは今夜だけのはずで、明日の午後以降は二人の時間が取れるはずだ。

そのときに和花と話をしようと、冬也は考えた。昨日の夜からのよそよそしさの理由を問い質し、現在彼女が妊娠しているのかどうかも確認する。そして自分が和花を妻として愛していること、この先もずっと夫婦として一緒にいたいと考えていることを率直に伝えたいと思った。

（よし。だったら家中のリネンを換えて、まずは洗濯機を回そう。そして買い物に行って料理の作り置きをしたあと、水回りも全部きれいにする）

そう決意した冬也は起き上がり、家事に精を出す。

翌朝はいつもどおりに起床し、午前八時四十五分に自宅マンションを出た。職場である尾立家の屋敷までは、徒歩七分の距離だ。ここ数日の最高気温は低めで秋らしくなり、朝晩は十七度くらいまで下がっているため、この時間帯はとても涼しい。

尾立流の華道では、虫食いや枯れている葉を使うことで朽ちゆくものの美しさや侘び寂びを表現するため、この時季の花材は色褪《いろあ》せたものを多く仕入れていてイマジネーションを刺激されていた。

「今日はどんな組み合わせで生けようか」と思案しながら歩いているうち、尾立家の屋敷に到着する。門口《かどぐち》をくぐって中に入ろうとしていた冬也だったが、そのときふいに後ろから澄んだ声が響いた。

「冬也さん」

驚いて振り返ると、そこにいるのは翠だ。

彼女は黒のアンサンブルニットに花柄のスカートを合わせたフェミニンな恰好で、手に紙袋を持っている。冬也の姿を見て笑顔になった翠が、往来から歩み寄ってきて言った。

「お邪魔しようとしたところでちょうど会えるなんて、すごい偶然ですね。いつもこの時間にご出勤されるんですか？」

「ああ。君はどうしてここに」

すると彼女が、微笑んで答える。

「昨日のお礼に伺ったんです。冬也さんは尾立流の次期家元とご結婚なさったとお聞きしましたので、おそらくこのお屋敷にいらっしゃるだろうと」

翠は尾立流華道教室についてインターネットで調べ、教室が午前十時からだと知って、「会うならその前のほうがいいだろう」と考えてこの時間にやって来たらしい。

彼女は手に持っていた紙袋を差し出して言った。

「こちら、昨日のお詫びです。皆さんで召し上がれるように、甘いものにしました」

「そんな気遣いは不要なのに。でも、せっかく持ってきてくれたんだから、ありがたくいただくよ」

紙袋を受け取った冬也に対し、翠が伏し目がちに言葉を続ける。

「父は……昨日のうちに、緊急手術を受けました。冬也さんの言うとおり、健康保険証や印鑑が役に立ったんです。本当にありがとうございます」

「いや」

「でも父の心臓はだいぶ弱っていて、しばらく入院しなければならないそうです。場合によっては、再び手術が必要だと」

冬也が「そうか」とつぶやくと、彼女が顔を上げる。その目は不安に潤んでいて、切実な色を浮かべてこちらを見つめた。

「私――すごく不安で。兄だけじゃなく、父まで亡くなることになったら、私と母はどうしたらいいんでしょう」

可憐な容貌で目を潤ませる翠の姿は、ひどく庇護欲をそそる。だが「これはあまりよくないパターンだ」と考えた冬也は、努めて事務的に応えた。

「病院にはソーシャルワーカーがいて、そうした心理的不安や手続きについて適切にアドバイスしてもらえる。俺を頼るより、専門家に相談したほうがいいよ」

「そういう事務的な対応をする人ではなく、冬也さんに相談に乗っていただきたいんです。こんなときに兄がいてくれれば、きっと私も母も安心できたはずですけど、もういません。亡くなってしまったので」

「…………」

「ずっとというわけではなくて、父が回復するまでのあいだ、兄の代わりにいろいろと相談に乗ってほしいだけなんです。三年ぶりに冬也さんの声を聞いたとき、まるで兄のような頼りがいを感じましたし、実際に会うとこの上なく安心しました。やっぱりそれは、昔から知っているからこその信頼なんだと思います」

確かに彼女のことは十六年前から知っており、年数だけ見れば長いつきあいだ。

しかしそれは朗を介してのことであり、密な関係ではなかった。妹を溺愛していた彼から折に触れて話を聞いてはいたものの、個人的に連絡を取っていたわけではない。

それに変化が起きたのは、三年前に朗が事故に遭ったという連絡を受けたときだ。車同士の衝突事故に遭った彼は意識不明の重体で、二日間生死の境をさまよった末に亡くなった。そのあいだ、彼の母親が親友である冬也に連絡をくれて死に目に会えたものの、それ以降病室で数年ぶりに顔を合わせた翠が何かと頼ってくるようになった。

(おそらくこの子は周りに甘やかされるのに慣れていて、自分の行動が相手に迷惑をかけているかもしれないとは微塵も考えないタイプなんだろう。目を潤ませてお願いすれば、周りの人間は喜んで手を貸してくれると思ってる)

確かに可憐な容姿を持つ彼女に頼られ、力になりたいと思う男性は多いに違いない。

ならば妻帯者である自分ではなく、そういう相手を頼ればいい。そんなふうに考える冬也に、ふいに彼女が身を寄せてくる。そして至近距離で顔を上げ、切実さをにじませた瞳で訴えてきた。

「駄目ですか？　今回は、三年前のようなご迷惑はかけません。ちゃんと節度を持った態度を心掛けますから」

言葉とは裏腹にこちらの上着の裾にそっと触れながらそんなことを言われ、冬也は小さく息をつく。そして一歩下がって翠と距離を取りながら、淡々とした口調で告げた。

「昨日の件に関しては、こうしてお礼をしてくれたんだからもういい。お父さんの体調が心配なのはわかるし、君とお母さんが先行きに不安を感じるのももっともだと思うが、そういうことは適切な人間に相談するべきだ。朗の役割を押しつけられても、悪いがそれは筋違いだよ。あくまでも俺は他人だから」

「…………」

「仕事があるから、これで」

冬也は踵を返し、門口をくぐって敷地内に足を踏み入れる。

翠の態度を見るにつけ、つくづく昨日相談に乗ったのは悪手だったと感じた。こうして朝日が燦々《さんさん》と降り注ぐ中、服越しとはいえ思わせぶりに身体に触れてくるのだから、やはり彼女は要注意人物であるに違いない。

（頭を切り替えよう。もう彼女とは会わなければいいだけだし、俺は仕事と和花のほうに集中しないと）

母屋の玄関を開けると、たまたま廊下にいた家政婦の高野がにこやかに「おはようございます」

と挨拶してきた。

「和花さんはついさっき、離れに行かれましたよ。玄関掃除をすると言って」

「そうですか」

私物を置いた冬也は、教室に足を向ける。

まずすることは今日使う花材の状態のチェックと、昨日洗って乾かしていた花器の片づけだ。そのあとは教室として使っている広い和室二部屋を、順番に掃除しなければならない。

渡り廊下から見える中庭は、朝日を浴びて美しかった。赤松やモミジ、ドウダンツツジなどが植えられている庭は、苔《こけ》むした山灯篭《やまとうろう》と石畳、つくばいに和の趣があり、しっとりとした雰囲気を醸し出している。

これから紅葉のシーズンになれば、庭木を切って生けることもあるといい、今からそれが楽しみだ。作業場を目指して歩いていた冬也は、花器が置かれた部屋の襖が開いているのに気づく。中を覗き込んでみると、そこには和花が背を向けて立っており、足を止めて声をかけた。

「おはよう」

「……っ」

ビクッとしてこちらを振り向いた彼女が、小さな声で答える。

「……おはようございます」

「昨夜はよく休めたか？　久しぶりの実家だから、ゆっくりできただろう」

皮肉ではなく、純粋にそう思って口にした言葉だったが、和花が表情を硬くして答える。

「はい、おかげさまで。――冬也さんも、わたしがいなくて充分羽を伸ばせたんじゃないですか」

その言い方に引っかかりをおぼえ、冬也は眉をひそめて問いかける。

「俺は自宅で普通に過ごしていただけで、別にどこにも出掛けたりはしてないけど。どうしてそういう言い方をするんだ？」

「別に、何でもありません」

どこか棘のある口調でそう言って、彼女は焼き物の花器を手に部屋を出ていこうとする。

冬也は咄嗟にその腕をつかみ、和花を見下ろして言った。

「何か俺に対して怒っていることがあるなら、理由を言ってくれ。何も言わずに避けられたり、つんけんされても、こっちはどう対処していいかわからない」

すると彼女がかすかに顔を歪め、つかまれた腕を見下ろしてつぶやく。

「……痛いです」

「あ、ごめん」

「ここは職場ですから、プライベートな話はしたくありません。それにわたし、しばらくマンションに戻る気はありませんから」

「えっ」

「失礼します」

腕をつかむ手を振り解き、和花が身を翻《ひるがえ》して部屋を出ていく。

去っていく後ろ姿を見つめた冬也は、唖然《あぜん》として立ち尽くした。

(一体どういうことだ。「しばらくマンションに戻る気はない」って、俺は彼女に何かしたか?)

心当たりはまったくなく、冬也は静かに混乱する。

先ほどの和花はピリピリしていて、何かにひどく怒っているように見えた。しかし冬也は、なぜ彼女にあんな言い方をされるかわからない。

彼女が京都に出張に行くまで、自分たちの仲は決して悪くはなかった。協力して家事をこなし、同じ食卓を囲んで夜は一緒に眠る。そんな生活のリズムができてきて、休みの日にデートをするのもまるで恋人のようで楽しかった。

(それなのに……)

冬也は深く息を吐き、意図して気持ちを切り替える。

考えることは山積みであるものの、このあと十時から華道教室があるのだから、自分の仕事に集中するべきだ。そう考え、物品庫から今日使う花材を運び、花器が置かれた棚の整理をして、和室の掃除に取り掛かる。

箒で掃いたあとに固く絞った雑巾で畳を拭き上げ、昨日から床の間に飾られている花の手直しをした。そして長テーブルと座布団をきれいに並べ、花鋏と水が入ったボウルを生徒の人数分置いて、教室の開始十五分前には仕事を終わらせる。

やがて五分ほどすると玄関のほうが騒がしくなり、生徒が続々と入ってきた。

「おはようございます」

やって来た生徒たちから次々と声をかけられ、冬也は「おはようございます」と挨拶を返す。

今日は手前の教室で男性講師が、奥の教室では和花が講師を務めることになっていて、冬也が指導助手として入るのは和花の講座だった。

午前十時の開講時間になると、秋らしい着物姿の彼女が入ってくる。その横顔には先ほど言い争ったときの名残は微塵もなく、凛として美しかったが、何を考えているかはわからない。講師の座布団に座った彼女は、脇に座って控えている冬也を一瞥《いちべつ》もしなかった。

「――……」

職場が一緒だと、こうして気まずいときも何食わぬ顔をしなければならないのを今さらながらに痛感し、冬也は膝の上の拳をぐっと握りしめる。だが複雑な感情を表には出さず、背すじを伸ばして顔を上げた。

（大丈夫だ。きちんと話し合いさえすれば、わかりあえる。彼女が俺に対して何か怒っているなら、

理由を聞いた上で謝ればいい）
とはいえ喧嘩をするのが初めてのため、落ち着かない気持ちがこみ上げて仕方がない。
和花は「しばらくマンションに戻る気はない」と言っていたが、それはいつまでだろう。一時的な意味で言っているのか、それとも離婚を見据えて言っているのかは、会話の中でまったく読み取れなかった。
彼女が〝秋の風趣《ふうしゅ》を生ける〟というテーマで講座を始め、生徒たちが真剣な表情でそれに聞き入っている。和花の横顔を見つめながら、冬也は複雑な思いをじっと押し殺した。

第八章

朝の光が差し込む教室の中、今日のテーマに沿った講座を始めた和花は、脇に控えた冬也から向けられている視線を痛いほど感じる。心には、嵐のような感情が渦巻いていた。

（冬也さん、さっきのわたしの態度に怒ってる？　でもあんな光景を見て、普通の顔なんてできない）

昨日和花は、宮岸との一夜に対する後ろめたさから冬也と顔が合わせづらく、実家に泊まった。母親の十糸子が「苦手な料理の特訓をするためだ」と咄嗟に嘘をついてくれたが、きっと冬也はそうではないことに気づいているだろう。

（宮岸さんの件は、冬也さんには言えない。夫婦なら隠し事をしないほうがいいのはわかってるけど……）

自分たちの関係は〝契約結婚〟で、世間一般の夫婦とは違う。

和花が出産するまでという期間限定の関係で、愛情と信頼で結びついているとは言い難い。それなのに取引先の男と一夜を共にしたと知ったら、冬也は一体どう思うだろう。

性行為の痕跡はなかったと診察した医師が言っていたが、宮岸に身体に触れられ、裸を見られたのは事実だ。自分の脇の甘さが招いた事態を、和花は冬也には正直に申告できずにいた。

(だったら、隠し通すしかない。幸い一線は越えていないんだし、宮岸さんとはもう個人的に会う気はないんだから)

一晩実家で悩んでそう決意した和花は、冬也に謝ろうと考えていた。

彼に対する後ろめたさからついよそよそしい態度を取ってしまったが、実家に泊まったのは仕事で疲れていたこと、少しリフレッシュしたかったからだと説明し、きちんと謝罪したい。

そんなふうに考えつつ、和花は紅葉の絞り染めの小紋と草木染の名古屋《なごや》帯《おび》を合わせた秋らしい和服に着替え、教室の玄関の掃き掃除をするべく離れに向かった。すると開け放された門口から出勤してきたばかりの冬也の姿が見え、ドキリとした。

(どうしよう。今、冬也さんと話をしたほうがいいかな)

昨日、ろくな説明もなく実家に泊まったことを謝るなら、早いほうがいい。

そう考えたものの、ふと彼が一人ではないことに気づき、戸惑いをおぼえた。冬也の傍には黒いニットアンサンブルに花柄のスカートという恰好の、若い女性がいる。

彼女は二十代前半と若く、波打つ栗色の髪と華奢《きゃしゃ》な体形の、まるでモデルのようにきれいな女性だった。お嬢さま然とした雰囲気の彼女は何やら必死な表情で冬也に訴えかけていて、やがて彼にそっと身を寄せ、上着の裾をつかむ。

「……っ」

和花の心臓が、嫌なふうに跳ねた。

彼らの距離はただの知人にしては近すぎ、ひどく親密だ。そんなふうに考えていると、周囲の目を慮ったのか冬也が一歩引いて女性と距離を取った。

そして彼女に対して何やら告げ、門口をくぐって屋敷の敷地内に入ってきて、和花は慌てて玄関の戸を閉める。

(何あれ。冬也さんとあの女の子は、どういう関係？　まだ大学生くらいに見えたけど……)

女性の顔に見覚えはなく、尾立華道教室の生徒ではない。

ならば一体、どういう繋がりなのか。その瞬間、和花の脳裏に閃《ひらめ》いたのは、「あの女性が、冬也の想い人なのではないか」という考えだった。

(わたしが眞敷家にお邪魔したとき、お義兄《にい》さんの良秋さんは冬也さんに「前に『忘れられない女がいる』と言っていたのに、このまま結婚してもいいのか」って聞いてた。つまり冬也さんは他に好きな相手がいるのに、何らかの理由でその人とは上手くいかないから、妥協でわたしと結婚したってことになる)

それまで冬也を全面的に信頼していた和花は、ひどくショックを受けた。

何も知らずに彼に恋をし、結婚できることを喜んでいたのに、実は冬也の心が別の女性にあるとわかってこの上なく惨めになった。

挙式が三日後に差し迫っていたこと、関係各所に既に通達済みで結婚を取りやめるのが難しいと判断した和花は、彼に契約結婚を持ちかけ、数年のうちに冬也を自由にしようと考えた。

（でも――）

実際に彼が他の女性と一緒にいるところを目の当たりにすると、胸が苦しくてたまらなくなる。

結婚してからの冬也は和花を大切にし、夜ごと情熱的に抱いてくれていたため、妻として愛されているかのような錯覚をしていた。彼とできるだけ長く夫婦でいたい、そんな気持ちでいたのに、冬也が自分に触れたのと同じように他の女性を抱いたかもしれないことを想像し、和花は焼けつくような嫉妬の感情をおぼえる。

花器が置かれた部屋で胸元をぐっと押さえていると、そこに冬也がやって来て、何気ない口調で「おはよう」と話しかけてきた。彼は和花が先ほどの光景を見ていたのに気づいておらず、何事もなかったような顔をしていることに猛烈な怒りがこみ上げた。

（そうだよ。冬也さんは、他に好きな女性がいながらわたしと結婚するような人だもの。きっと嘘をつくのに慣れてる）

もしかすると、今までも自分が与《あずか》り知らぬところで二人は会っていたのかもしれない。

そう考えた和花は、気がつけば冬也に「しばらくマンションに戻る気はない」と告げ、その場をあとにしていた。間もなく華道教室が始まり、それきり彼とは話をしていない。タイミングが悪いことに、冬也は和花の講座に指導助手として入っていて、横から彼の視線を感じている状況にひどく居心地の悪さをおぼえる。

（仕事に集中しよう。同じ職場なんだし、もし喧嘩したら気まずくなるのは、結婚したときに覚悟してたもの）

今日のテーマは〝秋の風趣を生ける〟というもので、しばし講義をする。

使用する花器は釣花入《つりばないれ》で、三本の鎖や木の蔓を使って吊るされており、一筋の側を舳先として上座に向けるのがセオリーだ。飾る場所は床の間の脇にある床柱《とこばしら》で、中央の掛花釘《かけはなくぎ》よりも下がらない位置に吊るすのがポイントとなる。

「花を生けるときには、根締めとなる草花を中央より横の二本の鎖のどちらかに寄せ、これを〝芯〟とします。手前の前方に〝体〟の花材を、そして芯の後方に控えめな〝添えもの〟を配し、花が器のほぼ中心に収まるようなバランスで生ければきれいにまとまるでしょう。もし吊ったときに器が傾いて安定しないようであれば、小石などを入れて調整します」

和花がデモンストレーションをし、生徒たちが実習に移ると、冬也が席を回ってアドバイスを始める。

ボタンダウンシャツに黒のテーラードジャケット姿の彼は、端正な容姿で指導が丁寧なため、生徒たちからの人気が高い。教室で働くようになって一ヵ月半が経つ今、他の講師たちからの信頼も篤く、すっかり馴染んでいた。

結婚をきっかけに眞敷流華道教室の仕事を辞め、こちらに転職してくれたことには深く感謝している。尾立流の華道を学び始めて三ヵ月半、ほぼ毎日のように稽古の時間を取り、普通の人に比べてはるかに速いスピードで師範の資格を取る手前まできているのは、ひとえに冬也の努力の賜物だ。

そんな彼に対してひどい態度を取ってしまった自分に、忸怩たる思いがこみ上げる。

（わたしは……）

教室が終わったあと、冬也の目を見ずに「お疲れさまでした」と告げた和花は、母屋に戻る。

そして十糸子に「わたし、しばらく実家《ここ》にいさせてもらうことにしたから」と言うと、彼女が目を丸くして問いかけてきた。

「しばらくって、一体どういうこと？　あなたたちやっぱり喧嘩したの」

「ちょっとね。少し冷静になって考えたいから、何日か置いてほしいなって」

するとふいに十糸子がぐいっと腕をつかんできて、和花は驚く。振り返ると思いのほか真剣な表情の彼女がいて、こちらを見つめて言った。

「そうやって向き合わずに逃げていると、後悔するわよ。特にあなたたちは夫婦になって日が浅いんだから、物理的な距離がそのまま心の距離になってしまうこともありえるんだし」

「……昨日はあっさり許可してくれたのに？」

「ひと晩くらいなら、別に文句は言わないわよ。でもそれが何日もになったら、冬也さんはどう思うの？　義母である私もあなたの肩を持ってるんだって感じて、この家で肩身が狭くなるんじゃないかしら」

十糸子の言葉に虚を衝《つ》かれ、和花は返答に詰まる。

確かに婿入りしてきた冬也にとって、妻とその母親に結託されれば疎外感をおぼえ、ひどく居づらくなるだろう。少し考えればわかることなのに、和花はすっかり失念していた。

そんな娘を見つめ、彼女が苦笑して言った。

「偉そうに言うけど、実は私も同じ失敗をしたのよね。泰輔さんに」

「えっ？」

突然父の名前が出てきて驚く和花に、十糸子が説明する。

「泰輔さんは私の従兄《いとこ》で、婿養子に入ってくれたの。あの人の場合は尾立家の親戚だったし、冬也さんよりは家に馴染むのが早かったけど、それでも結婚して一緒に暮らし始めた当初はいろいろ衝突もしたわ。うちの両親は結構はっきり物を言う人たちで、私が緩衝材にならなきゃいけなかったのに、『親戚なんだから大丈夫でしょ』って考えてそれを怠っていた」

「………」

「それどころか、どこかで『婿にもらったんだから、自分のほうが立場が上だ』っていう気持ちがあったんでしょうね。喧嘩したときの勢いで、つい泰輔さんに言っちゃったのよ。『今は一緒にいたくない』『ここは私の家なんだから、あなたが出ていってよ』って」

いつも穏やかで優しい気質の父だが、そのときは無表情になり、黙って出ていってしまったらしい。電話で「ビジネスホテルに泊まっている」「しばらく一人で考えたいから、探さないでほしい」と言ったきり一週間帰らず、十糸子も祖父母も大いに反省したのだという。

「たぶん男の人が結婚して婿に入るって、かなりの覚悟がいるんだと思うわ。円満にやっていくためには、妻が誰よりも心を砕いて夫の味方でいなければならないのよ。私はあなたたちの喧嘩に首を突っ込む気はないし、中立でいるつもり。何があったかは知らないけど、腹が立つからといって対話するのを避けてしまったら、冬也さんは尾立《うち》家に婿入りしたことを後悔するんじゃないかしら」

彼女の言葉に一理あると考えた和花は、うつむいて答えた。

「わかった。……マンションに戻る」

「そうしなさい。夫婦は先が長いんだから、思いやりを忘れずにね」

十糸子にはそう答えたものの、自分たちの結婚生活が長く続くかどうかはわからないと和花は考える。

　冬也があの女性と会っていたのなら、自分との生活が嫌になったという可能性が高い。出張から戻ってきてからの和花は彼を避ける行動を取ってしまい、気分次第でそういうことをする自分勝手さに辟易《へきえき》したことも充分考えられる。そして極めつきが、今朝の言い争いだ。

（あんな棘のある言い方をしちゃったから、冬也さん、わたしにもう愛想が尽きたかも。……あの女の子、すごく可愛かったし）

　とはいえ実家に滞在するプランがなしになり、和花は「どうしよう」と考える。

　冬也に対してあんな言い方をしておいて、のこのことマンションには戻れない。ずっと帰らないわけにはいかないものの、今日はまだ気持ちが落ち着かず、対話ができそうになかった。

（せっかく今日の午後と明日は仕事が休みだから、今夜はホテルに泊まろう。せっかくだし、このあとはまずショップをはしごして買い物をして、フェイシャルとかマッサージを受けようかな。そして明日は、予定が合う友達の誰かと遊ぶ。うん、そうしよう）

　自分に逃げ場を与えるとホッとして、和花はスマートフォンで今夜宿泊するホテルとスパを予約したあと、二階に上がる。そして和服を脱ぎ、洋服に着替えて実家を出た。

　考えてみると、休日をこうして一人で過ごすのは久しぶりだ。結婚してからは仕事も休日も冬也と一緒で、だがそれが新鮮で楽しかった。

駅に向かいつつ、折に触れて彼のことを考えている自分に気づき、和花はかすかに顔を歪める。冬也が女性と一緒にいた光景ばかりが頭をちらつき、胃がキリキリしていた。

意図して思考を切り替えた和花は、東京駅に向かう。そして丸の内方面に向かって歩きながら、ショップをはしごしてさまざまな買い物をした。

秋物のブーツやコスメ、香りのいいバスジェルなどを購入したあと、ラグジュアリーホテルのスパでボディとフェイシャルのトリートメントを一時間半受ける。そのあとはカフェで夕食を取り、宿泊先のホテルにチェックインしてのんびり過ごした。

翌日は午前十一時にチェックアウトし、ランチをして映画を観たあと、午後五時から友人たち二人と合流する。結婚式に参列してくれた彼女たちは高校のときからの友人で、笑顔で言った。

「一人で出掛けたりして、大丈夫なの？　ご主人、寂しい思いをしてるんじゃない？」

「職場も一緒なんでしょ」

二人とも、和花と冬也が期限つきの〝契約結婚〟で、しかも彼のほうに想い人がいる事実はまったく知る由もない。かつては何でも相談できる親友たちだったが、現状を伝えることはできず、和花は笑って誤魔化した。

「大丈夫。たぶん向こうも、羽を伸ばしたいはずだから」

「そっか。まあ、婿入りしたらきっといろいろ気を使うだろうし、お互いに自由な時間を持ったほうが上手くいくかもね」

　こうして飲むのが久しぶりで、和花は彼女たちと楽しい時間を過ごした。

　一軒では飽き足らず二軒目に繰り出し、仕事が終わったあとにやって来た友人も二人増えて、ちょっとした同窓会のようになる。

　酒による酔いを強く感じながら、和花は頭の隅で常に冬也のことを考えていた。彼は今頃、何をしているだろう。棘のある態度を取り、「しばらくマンションに帰らない」と言った自分に対して、怒っているだろうか。それともこちらの不在を幸いと、あの女性と一緒に過ごしているのだろうか。

（そんなのは……嫌。冬也さんが、わたし以外の女性に会ってるだなんて）

　昨日目撃した女性は二十代前半で、人目を引くきれいな容姿をしていた。

　冬也と並ぶとひどくお似合いに見え、あんな時間から一緒にいたということは前の夜も会っていたのかもしれない。和花は前日実家に泊まっていたため、彼らは一夜を共にしたあと、冬也の職場である尾立家の屋敷の前で別れを惜しんでいたという可能性も充分考えられる。

（でも、それってかなりわたしを馬鹿にしてない？　実際わたしは二人の姿を目撃しているわけだし、出勤してきた他の先生やご近所さんに見られる可能性もある。それなのに、門の前であんなふうに話しているだなんて）

　それとも期間限定の妻にすぎない和花には、気遣いなど不要だということだろうか。もしくは冬也が結婚したことで彼らの気持ちが燃え上がり、周りがまったく見えていない状況なのだろうか。

考えているうちに次第に腹が立ってきて、和花は目の前のグラスをぐっと握りしめる。いくら離婚することが決まっているとはいえ、婚姻期間中の冬也は自分の夫であるはずだ。

夫婦でいるあいだは極力穏やかに過ごすということで合意し、対外的にも実生活でも仲睦まじい日々を送ってきた。それなのにあの女性と会っていることは、重大な契約違反ということになる。

（そうだよ。わたしはまだ冬也さんの〝妻〟なんだから、あの人を独占する権利がある。子どもを無事出産するまでは夫婦でいるって約束してくれたんだから）

午後十一時のイタリアンダイニングは盛況で、周囲は客が笑いさざめく声やスタッフの声が響いていた。友人たちが話に花を咲かせ、まだまだ帰らない雰囲気を醸し出している中、和花はバッグから財布を取り出して言った。

「ごめんなさい、わたし、そろそろ帰るね」

「あ、そっか。明日仕事だもんね」

「私たちもそろそろお開きにしよっか」

全員で帰り支度を始める中、その中の一人が和花を見て心配そうに言う。

「大丈夫？　和花、かなり酔ってるみたいだけど」

どうやら今の自分は、傍目《はため》にも酩酊しているのが、わかるらしい。心配してくれるのをありがたく思いながら、和花は笑って答えた。

「平気、タクシーで帰るから」

会計を済ませたあと、店の外に出て、公共交通機関で帰る者やタクシーを相乗りする者などで分かれる。

和花は方向が違うため、一人でタクシーに乗った。運転手に告げたのは、冬也と暮らすマンションの住所だ。走り出した車内から暗い外を眺め、酒が回った頭でぼんやり考える。

(「しばらく帰らない」とは言ったけど、あそこはわたしの家でもあるんだから、別にいつ帰ったっていいよね。今はとにかく、冬也さんの顔が見たい)

こんなに酔った状態の自分が帰宅するのを見て、冬也は一体どう思うだろう。

一瞬そんな気持ちが頭をかすめたものの、和花は「構うまい」と考えた。むしろ酒の勢いを借りなければ、彼と一緒にいられそうにない。だがもし昨日の女性がマンションにいたらと思うと、にわかに落ち着かなくなる。

(わたし、そういう場面を見ても冷静でいられるかな。でも現在の〝妻〟はわたしなんだから、あの女の子には負けたくない)

そんなふうにグルグルと思い悩むうち、タクシーはマンションの前に到着する。

料金を精算し、昨日買い物した紙袋を抱えた和花は車を降りた。そしてオートロックを解除して建物の中に入り、二十九階のパネルを押す。

時刻は午後十一時半になっていた。人気のない廊下を進み、玄関の鍵を開けると、中はしんと静まり返っている。

(冬也さん、いない……？　でも玄関に靴があるから、もう寝てるんだ)

見知らぬ靴が三和土にないことに安堵しながら、和花は荷物を玄関先に放置し、そのまま寝室を目指す。

角を曲がり、バスルームやトイレの向かいにある寝室のドアをそっと開けると、二つあるセミダブルベッドの片方で冬也が眠っているのが見えた。こちらの気配に気づいたらしい彼が薄目を開け、戸口を見てつぶやく。

「……和花？」

和花は無言で室内に入ると、冬也のベッドに歩み寄り、その寝具を剥ぎ取る。そしてベッドに乗り上げて彼の身体に跨がると、冬也が驚きの表情でつぶやいた。

「どうしたんだ、一体。しばらくこっちには戻らないつもりだったんじゃ」

それを聞いて責められた気持ちになった和花は、ムッとする。薄闇の中で自分の下にいる彼を見下ろし、強い酩酊をおぼえながら答えた。

「ここは冬也さんだけではなく、わたしの家でもあるはずです。戻ってきたら何か不都合があるんですか？」

「そういうつもりで言ったんじゃないよ。もしかして君、酔ってるのか」

こちらの緩慢なしぐさや目つきを見て、冬也はそう判断したらしい。和花は酒気を帯びた息を吐き、彼の胸元に手のひらで触れて言った。

「わたしだって、酔いたいときくらいあるんです。本当は何日か戻らないつもりでいたんですけど、冬也さんに〝義務〟を果たしてもらいたいと思って帰ってきてしまいました」

「義務？」

冬也の問いかけに頷き、和花は答える。

「そうです。──あなたはわたしと結婚するに際し、子どもを作ると約束してくれました。だからわたしから求めてもいいですよね？」

そう言って和花は自身のカットソーに手を掛け、頭から脱ぎ去る。するとそれを見た彼が、困惑した様子で言った。

「待ってくれ。酒に酔ってるなら、無理をせず寝たほうがいい。途中で気分が悪くなったらどうするんだ」

まるで拒むようなことを言われ、和花はムッと頬を膨らませて言う。

「気分なんて、悪くなりません。もしかして冬也さんは、わたしとそういうことをしたくないんですか」

「そんなわけないだろう。ただ、今の和花は冷静ではないし、酔ってすることではないはずだ。明日は仕事なんだから、今日のところは寝よう」

なだめるような口調を聞いた和花は、はぐらかされていると感じ、惨めさをおぼえる。

（冬也さん、何だかんだ言ってわたしとしたくないだけなんじゃないかな。だってこの人が好きなのは、昨日の子なんだから）

遠目に見ただけだが、昨日冬也と一緒にいた女性は和花よりはるかに若く、お嬢さまめいた雰囲気の持ち主だった。

小柄で華奢な彼女はどこか庇護欲をそそる印象で、次期家元として弟子に教える立場である和花とは真逆に感じた。彼の好みがああいうタイプなら、自分との結婚はさぞ退屈だったに違いない。

そんな卑屈な考えに捉われ、和花は顔を歪める。

それでも表向きは夫として優しく接してくれた冬也を、自分はまんまと愛してしまった。その事実に悔しさがこみ上げ、彼を見つめて言った。

「じゃあ、冬也さんは動かなくていいです。……わたしがするので」

冬也のパジャマ代わりのTシャツの胸元に触れ、和花はそこを撫でる。

まくり上げると引き締まった腹筋が見え、胸の鼓動が高鳴った。身を屈めて素肌にキスをしたところ、彼の身体がピクリと震える。啄《ついば》むようにあちこちに唇を押し当てた和花は、やがて胸の尖りを舌先で舐めた。

「……っ」

その瞬間、冬也が息を詰めるのがわかり、和花はますます執拗にそこを舐める。

刺激を受けて硬くなった先端を吸い、舌で押し潰すと、彼の手がこちらの頭に置かれて押し殺した声が響いた。

「和花、そんなことしなくていいから……、ぅっ」

やんわりと尖りに歯を立てた途端、冬也が小さく呻き、和花はゾクゾクとした興奮をおぼえる。

もっと彼の反応を引き出したくてたまらなくなり、腕を伸ばしてスウェットの股間に触れた。するとそこは半ば勃ち上がっており、明確に形を主張し始めていて、擦るとより硬度が増す。

(乳首って、男の人でも感じるのかな。……もっと気持ちよくなってほしい)

スウェットと下着の中に手を入れ、昂ぶりを直に握る。

半分ほど勃起していたそれをしごくようにすると、みるみる張り詰めていき、手のひらにじんとした熱さを感じた。胸の先端を舐めながら手淫を行うこちらを見つめる冬也は、快感をこらえる顔をしている。

それを目の当たりにするとひどく興奮し、和花は彼の唇を塞いだ。

「……ぅ……っ、ふっ、……ん……っ」

口腔に舌で侵入すると、冬也が応えてくる。

反応されると自分を求めてくれているように思え、ますます口づけが熱を帯びた。手の中の屹立はこれ以上ないほど張り詰め、先端から先走りの液をにじませている。

唇を離した和花は身体をずらし、思いきって彼の性器を口に咥えた。

「……っ、和花……」

丸くくびれた亀頭を舐め、鈴口を舌先でくすぐる。

皮膚の下は鋼のように硬く、表面に太い血管を浮き上がらせており、それをなぞるようにすると冬也が熱い息を吐いた。和花はできるかぎり深くまで剛直を咥えて出し入れしつつ、入らない部分を手でしごく。

「……っ、んっ、……ぅっ……」

硬い棒のような形状の性器は咥えているだけで苦しいものの、自分の愛撫に反応してくれているのだと思うといとおしさを感じた。

先走りの液が次第に苦味を増し、顎が疲れて口から出す。身体を起こした和花はスカートの下のストッキングと下着を脱ぎ去り、ベッドの下に放った。そして冬也の腰を跨ぎ、昂ぶりを蜜口にあてがおうとしたところ、彼がふいにこちらを制止して言う。

「待て。すぐに挿れるのは――……」

「平気です、……う……っ」

丸い亀頭がめり込み、幹を受け入れるにつれてじわじわと圧を感じ始め、和花は小さく呻く。

まるで灼熱の棒のような剛直が隘路を進み、その質量が怖くなる。それでも冬也と繋がりたいという思いが強く、和花は何度か腰を揺らしてすべてを受け入れた。

互いの腰が密着し、体内でドクドクと脈打つ楔を意識しながら息を吐くと、彼がぐっと顔を歪めてつぶやく。

「……っ、きつい……」

色めいたその表情にぐっと心をつかまれた和花は、受け入れたものを最奥で捏ね回すように腰を動かした。

「……っ……んっ、……ぁ……っ」

中がきゅうっと収縮し、屹立の大きさをまざまざと伝えてくる。

硬く張り詰めた幹は太く、切っ先が奥深くまで嵌まり込んでいて、中をいっぱいにされる感覚に息が上がった。苦痛はなく、ただゾクゾクするような快感があって、息を乱しながら冬也を見下ろすと、彼の欲情を秘めた眼差しに合う。

（冬也さん、気持ちいいって思ってる？　それとも、自分からこんなことをするわたしに呆れてるかな……）

酔いのせいで大胆になった和花は、「それでもいい」と考える。

今この瞬間、冬也の目には自分しか映っていない。それが言葉にできないほど幸せで、体内にあるものがいとおしく、思わずきつく締めつけてしまう。

気持ちに呼応して愛液がにじみ出し、動きがスムーズになった。腰を揺らすたびに楔がぬるりと奥まで入り込み、甘い声が出る。太い幹で内壁を余さず擦り上げられるのが気持ちよく、彼の胸に手をついて息を吐いた和花は、自らブラを外して冬也の手をつかみ、自身の胸に誘導してささやいた。

「触って、ください……」

「……っ」

彼の大きな手が両方の胸のふくらみにめり込み、少し荒っぽい手つきで揉みしだかれる。

たったそれだけでも声が出るのに、先端部分を刺激され、ビクッと身体が震えた。硬く勃ち上がったそこを指で押し潰したり、引っ張られたりすると、痛みと紙一重の快感がこみ上げて声を我慢できない。

「ぁっ……はぁっ……ん……っ」

ひとしきり胸を揉みしだいたあと、冬也が腹筋を使って上体を起こした。

そして和花と向かい合う形になると、押し殺した声で言う。

「いきなり何かに臍《へそ》を曲げてマンションに帰らなくなったと思ったら、酔って帰ってきて人の上に跨がるだなんて。君の気持ちが、まったくわからない」

「――……」

「でも、嫌いにはなれない。こんなふうに自分から乱れて腰を揺らすのを可愛いと思うんだから、俺も大概だよな」

どこか自嘲的な言葉を聞いた和花が問い返そうとした瞬間、後頭部を引き寄せられて唇を塞がれ、くぐもった声を漏らす。

肉厚の舌が口腔に入り込み、ぬるりと絡められて、心地よさにゾクゾクした。表面を絡ませながら強く吸われ、喉奥まで探られる。貪りつくされるキスは苦しいのに、求められているようでうれしく、和花は中に埋められた剛直をきつく食い締めた。

すると腰をつかんだ冬也が、ずんと深く奥を突き上げてくる。

「んぁっ……！」

思わず唇を離して高い声を上げた途端、そのまま腰を抱えて激しい律動に揺らされる。

自分で動くのとは違い、否応なしに圧倒的な質量を奥までねじ込まれる感覚に、すぐに理性が焼き切れそうになった。切れ切れに声を上げながら、和花は振り落とされないように目の前の冬也の首にしがみつく。

彼がこちらの身体を片方の腕で抱きすくめ、律動を緩めないまま胸の先端に吸いついてきた。

「ぁっ……」

じゅっと音を立てて吸い上げられ、皮膚の下から湧き起こるじんとした快感に和花は身体を震わせる。

逃げ場がない体勢で奥深くまで楔を打ち込まれ、胸まで吸われている状況に官能を煽られた。冬也が視線だけ上げ、舌を見せつけるようにしながら先端を舐め上げて、その眼差しにかあっと頬が熱くなる。

普段の彼が穏やかで極めて理性的なだけに、欲情を滾《たぎ》らせた目をされると、そのギャップにドキドキした。

「あっ、あっ」

突き上げられると屹立が奥まで深く入り込み、和花はなすすべもなく喘ぐ。

冬也を受け入れた隘路はしとどに潤んでいて、接合部がぬるぬるになっているのがわかった。やがて彼がこちらの身体をベッドに横たえ、片方の膝裏をつかむ。より深く腰を入れられ、和花は高い声を上げた。

「あ……っ！」

圧倒的な質量で最奥を捏ねられ、甘い愉悦に肌がじわりと汗ばむ。

硬く張り詰めた楔が内壁を余さず擦り、思考がショートするほど気持ちよかった。酔いも助長して何も考えられなくなり、和花は腕を伸ばして冬也の首にしがみつくと、言わずにおこうと思っていた言葉を口にする。

「……っ……冬也さん、好き……っ」

すると彼が一瞬目を見開き、かすかに顔を歪めてつぶやいた。

「和花が好きなのは、俺の身体だろう。こうやって抱いているときばかり素直なくせに」

「……っ……」

「特に反応するのは、奥を突かれたときだ。ぎゅうぎゅうに締めつけて、搾り取ろうとして——ほら」

「あっ、あ……っ」

まるで好きなのはセックスだけだろうと言わんばかりのことを告げられ、和花は反論しようとするものの、律動が激しくて言葉にならない。

（違う。わたしが好きなのは冬也さんなのに……っ）

愛しているからこそ、冬也と繋がりたい。

気持ちが手に入らないなら、せめて彼の子どもが欲しい。そう思うのは、間違っているだろうか。

そう思いながら冬也の首にしがみつき、和花は切れ切れに告げる。

「ぁ、奥に欲し……っ」

「……っ」

射精をねだる言葉に彼がぐっと奥歯を噛み。一気に律動を激しくする。

太さのある楔を奥までねじ込まれ、子宮口を突かれるたびに内壁がビクビクと幹を締めつけた。

柔襞がゾロリと蠢いて屹立を舐め、動かれるたびに溢れ出た愛液が淫らな音を立てる。

（ぁ、もう達っちゃう……っ）

ひときわ奥を突かれた和花が背をしならせて達するのと、冬也が自身を根元まで埋めて熱を放つのは、ほぼ同時だった。

「あ……っ」

熱い飛沫《ひまつ》が隘路を満たし、内壁がそれを搾り取る動きでわななく。

酒による酩酊と激しい行為で、頭がクラクラしていた。身体が弛緩していくのと同時に意識も遠のき、和花は束の間気絶するように眠りに落ちる。

目が覚めたのは、身体が揺れている感覚に気づいたからだった。剛直が隘路を行き来し、先ほど放たれたばかりの精液が淫らな音を立てて接合部から溢れている。長いストロークで抽送していた冬也が、和花に向かって言った。

「気がついたか」

「ぁ……わたし、どのくらい眠って……」

「ほんの五分くらいだ。一旦抜こうとしたんだけど、君の中が俺を放してくれなくて」

「んん……っ」

すっかり勢いを取り戻したもので奥深くまで満たされ、和花は眉根を寄せて呻く。

断続的に痙攣《けいれん》する内部が昂ぶりを締めつけ、彼が心地よさそうな息を吐いた。先ほど放たれた精液を掻き混ぜるように動かされ、淫らな水音に羞恥が募る。

和花は冬也の腕に触れると、喘ぎ交じりの声で訴えた。

「ぁっ……冬也さん、待っ……」

「待たないよ。最初に仕掛けてきたのは君なんだし、まだまだ達けるはずだ」

「んぁっ……！」

ウエストをつかみ、根元まで埋めたものでグリグリと子宮口を抉られて、和花は呆気《あっけ》なく達する。

頭が真っ白になる感覚に喘ぐと、痙攣する内壁をさらに擦り上げながら激しく抽送され、首を横に振った。

「やっ……もう、おかしくな……っ……」

「ああ、どこもかしこもぐちゃぐちゃだな。ほら、もう一回出すから、奥で全部受け止めてくれ」

「うぅっ……」

屹立の切っ先を最奥に当て、ドクリと放たれて、震える媚肉《びにく》が啜るように蠢く。

気がつけば零れていた涙を、彼がキスで吸い取った。唇を塞がれ、ゆるゆると絡められる舌に甘い息を漏らすと、冬也が熱を孕んだ眼差しでささやいた。

「せっかくだから、今日はどこまで達けるか試してみようか。これまでだいぶ手加減していたけど、今夜は俺もリミッターが外れたみたいだ」

「あ……っ」

第九章

スマートフォンのアラーム音で目を覚ましたとき、室内はすっかり明るくなっていた。

時刻は午前六時半で、ベッドサイドに腕を伸ばそうとした冬也は、腕の中に温かい身体があるのに気づく。それは和花で、髪を乱した彼女は穏やかな寝息を立てていた。

（そうだ。昨夜――）

就寝してしばらく経った頃、かすかな物音で目を覚ました冬也は、寝室の戸口に彼女が立っているのに気づいた。

酔って帰ってきた和花は突然こちらの寝具を剥ぎ、行為を仕掛けてきて、冬也はひどく混乱した。

（彼女の気持ちが、わからない。突然つんとして「しばらくマンションには戻らない」と言ったかと思えば、急に帰ってきて人の上に跨がってきたり。一体何を考えてるんだ）

だが酩酊している彼女はいつもより大胆で、その痴態に煽られた冬也は欲情に火を点けられ、気がつけばその身体を押し倒していた。普段は翌日に響かないように手加減しているが、そんな気遣いすら吹き飛んで衝動のまま何度も抱いてしまい、昨夜は一体いつ眠ったのかわからない。

スマートフォンのアラームを消した冬也は、改めて腕の中の和花を見下ろした。乱れた髪が顔に掛かっている彼女はぐっすり眠り込んでおり、こちらが身じろぎしても起きる気配はまったくない。とはいえ今日はお互い仕事のため、ずっと寝かせておけないのが難点だ。

（先に朝飯の準備をするか。疲れているだろうし、ギリギリまで寝かせておいてあげよう）

そっと腕枕を引き抜き、ベッドから下りた冬也は、和花の剥《む》き出しの肩に寝具を掛けてバスルームに向かう。

シャワーを浴びながら、昨夜の出来事を反芻《はんすう》した。朝に彼女と軽く言い争いをしたが、一体何に対して怒っていたのかは不明なままだ。和花は自分が不在だった前夜に冬也がどこかで羽を伸ばしていたと考えていたようだが、その発想はどこからきたのだろう。

（出張から戻って急に素っ気なくなったのは、もしかしたら妊娠したせいかと考えていた。でも昨夜ああして求めてきたってことは、それは杞憂《きゆう》だったのか？）

気になっているのは、行為の最中の彼女の「好き」という発言だ。にわかには信じられず、思わずはぐらかしてしまったが、あの言葉の真意がわからない。

（和花は俺を、嫌ってないってことなのかな。だったらよそよそしい態度と整合性が取れていないし、どう解釈すればいいんだ）

やはり自分たちは、膝を突き合わせて話し合うことが必要だ——と冬也は考える。

元々こちらはそのつもりでいたが、急に態度が変わった和花に振り回されてそれが叶わずにいた。

しかしここにきて、もう先延ばしにするべきではないというのを肌で感じる。

(今日の夜に、彼女と話をしよう。俺は和花を愛していて、この先もずっと夫婦でいたいという気持ちを伝えたい)

そう決意し、シャワーから上がって髪を乾かした冬也は、朝食の準備を始める。

そして午前七時半に寝室に向かい、相変わらず眠り続けている和花の髪に触れて言った。

「和花、そろそろ起きられるか?」

「——……」

ぼんやりと目を開けた彼女が、何度か瞬きをする。ベッドの縁に座る冬也の顔を見た和花がやがてハッとした表情になり、慌てて起き上がって言った。

「あ、あの、今何時ですか?」

「七時半になったところだ」

すると彼女が顔色を変えて「大変」とつぶやき、タオルケットを身体に巻きつけると、バタバタとバスルームに向かう。

それを見送った冬也は、「もう少し早く起こしてあげるべきだったか」と考えた。

（女性はメイクもあるし、男よりはるかに時間がかかるもんな。失敗した）

その予想どおり、和花はシャワーを浴びたあとでメイクをしたり、髪を乾かしたりと身支度に時間を要していた。午前八時過ぎ、用意した朝食を大急ぎで食べながら、彼女が言いにくそうに切り出してくる。

「すみません、冬也さん。わたし、昨夜……」

「話は、仕事が終わってからにしないか？　片手間に話す内容でもないし」

すると和花が「……そうですよね」と言い、肩を落とす。

その様子にはいたたまれなさがにじんでいて、彼女が昨夜の自身の振る舞いを後悔しているのが伝わってきた。それを目の当たりにした冬也は今すぐ話したい気持ちでいっぱいになったものの、時間的に中途半端になってしまう可能性が高く、それはよくないと自制する。

八時半に自宅を出て一緒に出勤したが、尾立家の屋敷に着くまで会話はなかった。徒歩七分の距離を歩き、ようやく門口の前まで来たとき、和花が「あの」と口を開く。

「わたし、今日は午後四時からワークショップの打ち合わせがあるんですけど、それが終わったらマンションに帰りますから」

「ああ」

母屋に入ると、彼女が和服に着替えるために階段を上がっていき、冬也はそれを見送る。

起きてから今までずっと言葉数が少なかった和花は、一体何を考えていたのだろう。昨夜の言動がどこまで本気だったのかを考えるとひどく落ち着かない気持ちになるものの、今日の話し合いで自分たちの関係がいい方向に向かえばいいと冬也は考える。

（そうだ、言葉を尽くして話し合えば何とかなる。とりあえず俺は、自分のやるべきことをやらないと）

気持ちを切り替えた冬也は、私物を置くために一階の和室に入る。

そして今日の仕事の段取りを頭の中で整理しながら、離れに向かって歩き出した。

＊　＊　＊

二階にある衣裳部屋には着物が入った桐箪笥が何棹《なんさお》も並び、全身が見える大きな鏡がある。

そこに足を踏み入れた和花は、扉を閉めてため息をついた。二日酔いで頭がガンガンしているが、それは自業自得だ。昨夜、友人たちとの飲み会で盛大に酔っ払った和花は、その勢いで自宅マンションに戻り、あろうことか既に就寝していた冬也を襲ってしまった。

（いくら酔ってたとはいえ、あんなことをするなんて。昨夜の冬也さん、呆れてたよね）

突然帰宅して自分の上に跨がった和花を、冬也は最初「もう寝たほうがいい」と制止していた。

しかしそれに構わず行為を続けたところ、彼は途中で主導権を奪い返し、何度も激しく抱いた。こちらが疲労困憊《ひろうこんぱい》してもやめてくれず、冬也の情熱的な愛撫と熱を孕んだ眼差しを思い出した和花は、頭が煮えそうになる。

（……すごかった）

今までも日を置かず抱き合っていたが、おそらく彼はこちらの体調や翌日の仕事を考え、相当手加減してくれていたのだろう。

だが昨夜の冬也はそうした気遣いをかなぐり捨て、常にない剥き出しの欲情で和花を抱き潰してきて、今も疲労が色濃く残っている。

（元はといえばわたしから仕掛けたことなんだから、文句を言うつもりはない。でも……）

あんな抱き方をするということは、彼は少しはこちらを好いていると考えていいのだろうか。

朝起こしてくれたときの口調は優しく、昨夜の出来事を咎《とが》める気配は一切なかった。だが和花が謝罪しようとしたところ、「話は仕事が終わってからにしよう」とにべもなく言われてしまい、何も話せないまま今に至る。

（嫌いな相手をあんなふうに何度も抱けないだろうし、少しは希望を抱いていいのかな。わたしはこの先もずっと、冬也さんと夫婦でいたいけど……）

やはりネックになるのは、彼と一緒にいた女性のことだ。

もし冬也が彼女を愛しているのなら、和花がいくら頑張っても二番手にしかなれない。それに甘んじて夫婦を続けてもらうか、それとも当初の予定どおり子どもを作ってから離婚するか、一体どちらが幸せなのだろう。

（いっそ、はっきり聞いちゃおうかな。あの女性は誰なのか、彼女よりわたしを愛してくれる可能性はあるのかどうか）

どうせ今日話し合いをするのなら、そのほうがいい。

気持ちを押し隠して無理に一緒にいれば、また昨日のように些細《ささい》なきっかけでとんでもない行動をしてしまう可能性も否めない。ならばとことん話し合い、挙式の前に「子どもができたら離婚してほしい」と告げたこちらの真意も説明して、白黒はっきりつけるのが最善ではないか。

それに伴い、宮岸の件も正直に話そうと和花は考えた。自分の脇の甘さを指摘されるのが怖くて冬也には言えず、その結果よそよそしい態度を取ってしまったが、都合の悪いことを隠しているのはフェアではない。

（冬也さんとこの先もずっと一緒にいるためには、一度何もかもリセットしないと駄目だ。もしかしたら軽蔑されるかもしれないけど、それはそれで仕方がないよね）

決意するとすっきりして、和花は小さく息をつく。

話し合いの行方によっては予定より早く冬也との結婚生活が終わる可能性が出てきたが、もう腹を括った。そもそも互いに本心を隠しながら、期間限定の〝契約結婚〟をするほうが間違っていたのだ。

それでも入籍してから三ヵ月近く、彼との生活は楽しかった。一緒に過ごす時間が増えるほどに冬也への想いも増し、別れることを思うと胸がぎゅっと締めつけられるが、これ以上問題を先延ばしにするほうが互いにとってよくないに違いない。

思考を一段落させた和花は、桐の箪笥を開けて今日の着物を選んだ。絣《かすり》の飛び柄の結城紬《ゆうきつむぎ》に赤の綾織りの名古屋帯を合わせ、竹節柄の帯締めでアクセントをつける。

着替えたあとは毎日のルーティンである花生けをし、客間の床の間に飾った。そして今日の講座の内容を再確認して、午前十時から教室に入る。正午に終わったら生徒たちを見送って昼休憩に入るが、冬也は他の講師に同行して外出しており、不在だった。

（そっか。冬也さん、仲江《なかえ》先生が店舗の装花をするのを見学しに行くって言ってたっけ）

講師たちは尾立流の教室の他、それぞれ飲食店やショップの装花を定期的に請け負っていたり、ワークショップを開催したりと忙しくしており、冬也は十糸子から「そうした外の仕事を見学するのも、勉強になる」と勧められたらしい。

午後一時、昼食を終えた和花は、他流派が刊行している華道の雑誌をめくっていた。するとインターホンが鳴り、しばらくして家政婦の高野がやってくる。

「お客さまがいらしております。冬也さんに会いにいらっしゃったとのことでしたが、不在ですと伝えると、『では若奥さまに』と」

「わたしに？」

「はい。神嶋さまとおっしゃる、若い女性で」

〝若い女性〟と聞いた和花は、ふと心がざわめくのを感じる。

最初に冬也を指名しながら、彼が不在だと知るや自分との面会を申し出たという女性は、もしかして先日目撃した人物ではないのか。直感的にそう思い、高野に向かって言った。

「客間にお通ししてください」

「かしこまりました」

彼女が去っていき、にわかに緊張が高まった和花は、目まぐるしく考えた。

（一体どういうこと？　堂々と冬也さんに会いにきて、いないとわかったらわたしとの面会を希望するだなんて、いくら何でも大胆すぎない？）

しかし逃げ隠れするわけにもいかず、和花は深呼吸して心を決める。

鏡の前で身だしなみを整え、高野がお茶を出し終えたタイミングで客間に向かった。そして廊下から襖越しに声をかける。

「失礼いたします」

床に膝をついて両手で襖を開けると、そこには案の定、二日前に目撃した若い女性がいた。

ピンク色のオフショルニットに黒のシアーなロングスカートを合わせた恰好の彼女は、今日も品よくお嬢さまめいた雰囲気を醸し出している。緩やかに波打つ栗色の髪、目が大きく透きとおるような肌の女性は、間近で見ると本当に顔立ちが甘く整っていて、まるで人形のようだ。

彼女は和花を見ると、丁寧に頭を下げた。

「お約束もなく、突然お邪魔して申し訳ありません。私、神嶋翠と申します」

座卓を挟んで翠の向かいに座った和花は、彼女の顔を見つめて応えた。

「尾立和花です。お会いするのは初めてだと思いますが、今日はどのようなご用件でしょうか」

すると翠が持参した風呂敷包みを開け、有名老舗店《しにせてん》の和菓子を差し出す。

「こちら、皆さんでお召し上がりください」

突き返すわけにもいかず、「ありがとうございます」と言って受け取ると、彼女がしばらく無言でこちらを見つめる。和花も黙っていると、やがて翠が口を開いた。

「私は冬也さんとは古くからの知り合いで、おつきあいはもう十六年ほどになります。何かお話を聞かれたことはありますか？」

「……いいえ」

「元々は、兄の親友だったんです。冬也さんと兄は中学二年生のときに同じクラスになって、高校大学が違っていてもつきあいが続き、社会人になっても親しく連絡を取り合う仲でした」

だが彼――朗は三年前に突然事故で亡くなったといい、和花は驚きに目を見開く。彼女が言葉を続けた。

「兄が亡くなってから、冬也さんにはとても親身になっていただきました。実は数日前にうちの父が倒れてしまって、それでいろいろと相談に乗ってもらっていたんです」

「……そうですか」

ならば二人が会っていたのは彼女の父親絡みのことであり、今日こうして訪れたのはそのお礼なのだろうか。和花がそう考えていると、翠がかすかに微笑んで言った。

「冬也さんは昔から優しくて、私にとって家族も同然の人なんです。三年前に兄が亡くなったとき、ショックで精神的に不安定になった私を、冬也さんは親身になって支えてくれました。うちの両親も昔からよく知っている冬也さんを息子のように思っていて、すっかり頼りにしているんです」

彼女は自分がいかに冬也と親しいか、彼とどんなふうに家族ぐるみのつきあいをしてきたかを詳細に語ったあと、和花を見つめて言った。

「冬也さんがお見合いをしたと聞いたときは、驚きました。彼にはその気はなかったのに、ご両親やお世話になっている華道界の方に勧められて、どうしても断れなかったのだと伺っています」

「……それは」

冬也側の見合いの経緯を突然そんなふうに語られ、和花はひどく動揺する。

確かに縁談は十糸子のほうから持ち掛け、眞敷家がそれを了承したと聞いていたが、実際は断れないように華道界の重鎮を使って圧力をかけたということだろうか。

(お母さんならありえるかもしれない。あの人はとにかく顔が広くて、そういう根回しが上手いから)

そんなふうに考える和花を見つめ、翠がどこか思い詰めた眼差しで言う。

「和花さんはとてもおきれいですし、尾立流の次期家元なんですよね。才能も家柄もあるあなたを魅力的に感じる男性は、きっとたくさんいるんじゃないでしょうか」

「………」

「はっきり申し上げますが、私は冬也さんが好きです。子どもの頃からずっとあの人を想ってきて、彼もそれを理解してくれています」

彼女の言葉が、和花の胸に深く突き刺さる。

動揺を表に出さずに必死にポーカーフェイスを保ちながら、心の中で「やっぱり彼女が、冬也の想い人なのだ」と考えていた。

(きっと冬也さんは、親友が亡くなったあとに神嶋さんを支えているうちに恋愛感情を抱いたんだ。こんなに可愛いんだもの、それも無理はない)

おそらく彼女のほうも同様に恋愛感情を抱き、二人は相思相愛の関係になったのだろう。しかし年齢差の問題か、他に何かしらのしがらみがあって、つきあい続けることが難しかったのかもしれない。

やがて十糸子が眞敷家に縁談を持ち掛け、両親や華道界の重鎮からそれを受けるように圧力をかけられた冬也は、結局翠を諦めるという選択をした。しかし数日前に彼女の父親が倒れたのをきっかけに、互いの感情に再び火が点いた――そんなふうに想像し、和花は膝の上で拳を握りしめる。

（だったら、わたしの出る幕なんてない。一度は諦めた相手と、また気持ちが再燃したんだもの）

心臓がドクドクと音を立て、手のひらにじっとりと汗がにじむ。

こちらを見つめる翠の目から、ふいに涙がポロリと零れ落ちた。それを拭いもせず、彼女が震えた声で訴えてきた。

「このようなお願いをすることが失礼なのは、重々承知しています。和花さんは冬也さんの正式な奥さまで、周囲にも公然と認められているんですから。でも、どうしても諦められないんです。私には冬也さんが必要なんです」

「…………」

「ですからどうか、私に冬也さんを返していただけませんか？　お願いいたします」

ポロポロと涙を零しながら頭を下げる翠は可憐で痛々しく、和花は言葉を失う。

そもそも冬也に好きな女性がいることは、結婚する前からわかっていた。だがまさか当人がこうして自分に会いに来るとは思わず、先ほどから動悸《どうき》が治まらない。

　彼女がバッグからレースのハンカチを取り出し、そっと涙を拭った。それを見つめ、和花は押し殺した声で言う。

「今すぐこの場では……お返事できません。わたしにも考える時間が必要なので」

「………」

「ですから、今日のところはお引き取りいただけますでしょうか。改めてお話しする日時を指定させていただきますから」

　すると翠が自身の可愛らしい名刺を取り出し、テーブルの上に置いた。

「この名刺に私のアドレスと電話番号が載っていますので、ご連絡はこちらまでお願いしてもよろしいでしょうか」

「……ええ」

「お時間を取らせてしまい、大変申し訳ありませんでした。では、失礼いたします」

　翠が丁寧に頭を下げ、客間を出ていく。

　一人取り残された和花は、目の前で湯気を立てる手つかずの日本茶を見つめて考えた。こうして堂々と妻のいる家を訪れるのだから、冬也と彼女の心は強固に結びついているのだろう。周囲の圧力に屈して和花との結婚を選んだ彼は、翠と再会して気持ちを抑えられなくなったに違いない。

（だったら、昨夜のあれは何？　冬也さんは、好きでもないわたしをあんなふうに抱くことができるの……？）

熱に浮かされたような一夜を思い出し、和花はかすかに顔を歪める。

昨夜冬也がどんなふうに自分を抱いたか、その肌の熱さや腕の強さもまだ生々しく残っているのに、彼は翠と密会して気持ちを通い合わせていた。それを裏切りだと感じる一方、和花は「二人の間に割り込んだのは、自分のほうではないか」という思いにかられる。

（わたしと出会うはるか前から二人が想い合っていたのなら、太刀打ちできるわけがない。冬也さんにとってのわたしは、〝妥協〟で結婚した相手にすぎないんだから）

ならば身を引くべきなのは、自分かもしれない。

見合い相手である冬也に急速に心惹かれ、「誠実で優しいこの人となら、きっと幸せな家庭が築けるに違いない」と考えた。しかし挙式の一週間前に他の女性を想っていることが判明し、それでも諦めきれずに「この結婚に望むのは、跡継ぎとなる子どもだけ」「出産後に別れてほしい」などと発言してしまったが、想い合っている彼らにとってはとんでもない話だろう。

（神嶋さんからしてみたら、自分以外の女性が冬也さんの子どもを生むなんて絶対に嫌だよね。もしかしたらその話を聞いて我慢ができなくて、この家に乗り込んできたのかもしれない）

世間から見れば正当な妻は和花であり、翠がこちらに「冬也を返してほしい」と発言するのはお門違いだ。

　彼女を不倫相手として訴えることができるはずだが、和花にはそんな気力が湧かなかった。むしろ入籍前に冬也に好きな女性がいると知っていたにもかかわらず、自分はそれに目を瞑《つむ》って結婚した。ならば今さら文句を言うのは卑怯《ひきょう》だという考えが、和花の中にはある。

（わたし……結婚生活を甘く見てた。一緒にいるうちに、もしかしたら冬也さんが自分を選んでくれるかもっていう淡い希望を抱いていたし、あの人がまるで本当の夫みたいに優しくしてくれるから勘違いしてた）

　彼にとってこの結婚生活は〝義務〟であり、期間限定のものでしかない。

　冬也が本当に愛しているのは翠で、彼女はこちらに訴えられるリスクを冒して直談判《じかだんぱん》に来るほど、彼を想っているのだ。そう考えた和花は、ズキリと胸が痛むのを感じた。

「……っ」

　目に涙がこみ上げ、手の甲にポツリと落ちる。

　最初からボタンを掛け違えていた自分たちは、おそらく上手くいきようがなかった。次第に大きくなっていく一方の歪みを正すためには、この関係をリセットするしかない。

（冬也さんと……離婚しよう。彼に好きな相手がいるのに、いつまでも妻の座にしがみつくのは惨めすぎるもの）

最初から歪《いびつ》な結婚で、いずれ別れることが決まっていたのだから、決断は早いほうがいい。先ほどの翠の涙を見て罪悪感をおぼえた和花は、そんな結論に達していた。今夜はマンションに戻って彼と話すつもりでいたため、好都合だろう。

胸に渦巻くのは、筆舌に尽くしがたい敗北感だった。自分がまったく価値のない人間に思え、消え入りたくなる。今思えば、この年齢まで男性とつきあってこなかった人間が冬也と結婚したこと自体、分不相応だったのかもしれない。

（でも、わたしには仕事がある。これからは冬也さんのことを忘れて、尾立流の次期家元というプライドを持って生きていこう）

深呼吸した和花は立ち上がり、一旦二階の自室に戻ってメイクを直す。

そして少し事務仕事をしたあと、午後三時にワークショップの打ち合わせのために横浜《よこはま》まで出掛けた。

今回の会場は大学の横浜キャンパスで、学生を対象とした生け花のデモンストレーションと体験教室だ。担当者と一緒に会場を見学したあと、当日の流れを打ち合わせ、講義の内容や実演に要する時間、使う花材、花器を決める。

打ち合わせが終わったのは午後五時過ぎで、それから一時間ほどかけて都内に戻った。駅から歩きつつ、和花はこのあとの段取りを考える。

（さっき雑誌の編集部から記事の草稿がメールで届いていたから、それに目を通して返事をしないと。帰るのは何時になるかな）

本当はマンションに直帰する予定だったが、急遽事務所で仕事をすることにし、尾立家の屋敷に向かう。

ちょうど夕方の教室が終わった頃で、往来を歩く人の中には「和花先生、お疲れさまです」と声をかけてくる者が数人いた。

「お疲れさまです。気をつけてお帰りくださいね」

にこやかに応え、屋敷に近づいたとき、ふいに「尾立さん」という声が聞こえる。

驚いて顔を上げると、往来から宮岸が歩いてくるところだった。

「……宮岸さん」

和花の心臓が、ドクリと音を立てる。

彼と顔を合わせるのは、先週の金曜日以来だ。京都出張の夜に酔った和花は宮岸と一夜を共にし、彼から想いを告白されたものの、はっきりと拒絶した。

東京に戻ってから、宮岸からは何度も「会いたい」とメッセージがきたが、「仕事が忙しいため、会うことはできません」「あなたの気持ちに応えることもできませんので、もう連絡を控えていただけませんか」と返信し、今に至る。

スーツ姿の彼がこちらに歩み寄ってきて、門扉の前に立つ和花は一歩後ずさった。手元のバッグの持ち手をぎゅっと握りしめ、緊張の面持ちで問いかける。

「一体何のご用ですか。あなたと話すことは、何もありません」

硬い口調でそう告げると、彼が笑って答えた。

「何って、尾立さんが俺をブロックして連絡が取れないからこうして来たんだろう。自宅兼教室に来れば会えると思ってたら、ちょうどこうして戻ってきたところに行き合ったんだからな。俺たちはやっぱり気が合うのかもしれない」

宮岸が尾立家の屋敷を見やり、言葉を続ける。

「今日は君のご主人と話をしに来たんだ。俺たちの不貞を詫び、『和花さんと別れてください』って言おうと思って」

「えっ」

まるで自分と和花が道ならぬ関係で、それを冬也に打ち明けるつもりでいると語る彼を前に、和花はひどく混乱する。

（この人は一体、何を言ってるの？　そもそもわたしたちはつきあってないのに）

しかし教室を終えて帰っていく生徒たちがいる中、屋敷の前でこんな話をするのは落ち着かない。

そう考えた和花は、抑えた声音で宮岸に対して告げる。

「いきなり訪ねて来られても困ります。こんなところでする話ではありませんし、とりあえず場所を変えませんか」

「俺は尾立さんの家で話をするのでも、全然構わないけど」

「それは……」

「元はといえば、そっちが俺をブロックするのがいけないんだろう。一夜を過ごした仲なのに、人をストーカー扱いするなんてあんまりだと思わないか」

屋敷から出てきた二人組の生徒が、不思議そうにこちらを見ている。彼女たちに聞こえそうな声で話す彼のスーツの袖をつかみ、和花は青ざめながら言った。

「やめてください。これ以上騒ぐなら、警察を呼びますよ」

「言っただろう、俺は尾立さんのご主人と話をしたいだけなんだって。屋敷の中にいるのか？」

「ちょっ……！」

敷地内に足を踏み入れようとする宮岸を、和花は咄嗟に自身の身体でガードする。

その瞬間、手に持っていたバッグが地面に落ちて中身が一斉に散らかった。スマートフォンや財布、イヤホン、自宅の鍵の他、手帳や化粧品などに交じって病院の診察券が入ったカードケースがある。

そこから婦人科の診察券がはみ出しているのを見た彼が、目を異様に輝かせながらつぶやいた。

「もしかして、妊娠したのか？　だったら子どもは俺の子っていう可能性もあるよな」

「ち、違います。そんな可能性ありませんから！」

宮岸と身体の関係を持った形跡がないことは翌日に医師が診断しており、仮にあったとしても関係を持って数日で妊娠の判定ができるはずもない。

つまり彼の発言は荒唐無稽で、和花は「返してください！」と言いながら宮岸が手にしている診察券を取り返そうとする。

そのとき屋敷のほうから冬也がやって来るのが見え、和花はドキリとして動きを止めた。シンプルなカットソーと黒のセットアップ姿の彼は、揉み合う和花と宮岸を見つめ、険しい表情で問いかけてくる。

「一度外に出た生徒さんたちが戻ってきて、『和花先生と男性が、お屋敷の前で揉めているみたいです』って教えてくれたんだ。和花、そちらの方は？」

「あの……」

和花の心臓が、ドクドクと音を立てる。

まさかこの場に冬也が来るとは思わず、咄嗟に何と答えていいかわからなかった。彼を呼びに行ったらしい二十代の生徒二人がこちらを見ていて、冬也が頷くと会釈をしてそそくさと去っていく。

誰もいなくなった往来で、足元をひんやりとした風が吹き抜けていった。宮岸が笑みを浮かべ、冬也に向かって言った。

「もしかして、ご主人でいらっしゃいますか？　僕はイベント企画のＦ社の営業、宮岸といいます。和花さんとは、数年前に仕事を一緒にして以来の友人です」

「…………」

「今日はご主人にお話があって来ました。僕たちは仕事を通じて仲を深め、それが恋愛感情に発展しました。肉体関係もあります」

冬也が驚いた顔で息をのむ。それを見つめ、宮岸がにこやかに言葉を続けた。

「彼女はこうして婦人科の診察券を持っているようですが、もしお腹に子どもがいるとしたら、それは僕の子どもである可能性があります。ですからご主人は、和花さんと別れていただきたい。その話がしたくて、僕は今日ここに来たんです」

すると冬也は外でする話ではないと思ったのか、抑えた声音で告げる。

「――こちらへ。中でお話を聞かせていただけますか」

連れ立って屋敷に向かいながら、和花はひどく動揺していた。

玄関から中に入ると、冬也は自身に与えられている一階の和室へと向かう。台所から顔を出した高野が「お茶をお持ちしましょうか」と声をかけてきたが、和花は首を横に振って小声で「大丈夫です」答えた。

磨き上げられた廊下を進み、六畳の和室に入る。興味深そうな顔で室内を見回す宮岸を尻目に、和花は隣に座った冬也を見つめ、「先ほどの話ですけど」と切り出した。

「わたしはこの人と、子どもができるようなことは一切していません。そもそも交際している事実もありませんし、わたしに恋愛感情を抱いていることすら数日前まで知りませんでした。京都出張のときに酔って前後不覚になったのは確かですが、まるで何かあったように発言する宮岸さんが信じられなくて、翌日婦人科を受診したんです。そうしたら、医師から『性行為の痕跡は見当たらない』と言われました」

話しながら、和花は冬也がどんな反応をするのかを考え、緊張していた。

彼は宮岸の言い分を信じ、こちらが不貞を犯していたと思うだろうか。もしかすると、翠と添い遂げるためにあえてこの話に乗っかり、ここぞとばかりに和花を糾弾するかもしれない。

そんな不安をおぼえながら切実な瞳で冬也を見つめると、彼が無言で見つめ返してくる。息詰まるような沈黙の中、和花はドクドクと鳴る自分の心臓の鼓動を痛いほど意識していた。

すると冬也が、複雑な表情で口を開く。

「まずは君とこの人の間に何があったのか、時系列に沿って説明してくれるかな。できるだけ詳しく」

確かに結果の部分だけ話されても、彼にはまったく事情がわからないだろう。

そう考えた和花は、宮岸と知り合った経緯、今回の仕事に関する内容、実際に京都に行ってからの出来事を詳細に冬也に説明する。そして東京に戻ってからもトークアプリのメッセージや電話でしつこくされ、それを拒絶したのだと話すと、彼が頷いてつぶやいた。

「なるほど。……事情はよくわかった」

予想外に静かな反応に、和花は「わかったとは、一体どういう意味だろう」とグルグルと考える。

（冬也さん、わたしに呆れてる？　こんなことになったのは、わたしの危機管理能力が低いせいだって考えて――それで）

胃がぎゅっと縮こまり、手のひらにじっとりと汗がにじむ。冬也に軽蔑されたかもしれないと考えると、身の置き所のない惨めさといたたまれなさで胸がいっぱいになっていた。

すると彼が向かいに座る宮岸に向き直り、落ち着いた口調で思わぬことを言った。

「先ほどあなたから聞いた話と妻の説明には、だいぶ齟齬《そご》があるようです。ですが和花がこのように言っているのですから、僕は彼女を信じます」

「――……」

「話を聞くかぎり、あなたは和花の気持ちを無視して『自分たちは交際している』と主張しておられるようですね。もしそちらがその発言を撤回しないのであれば、性的暴行と悪質な付き纏《まと》いで警察に相談しますが、それでよろしいですか」

「せ、性的暴行？」

ぎょっとした顔をする宮岸に、冬也が頷いて冷静に答える。

「ええ。宮岸さんは和花と肉体関係があると言い張っていますが、彼女はそれを否定しています。ならば意に染まぬ行為を強いたことになりますので、警察に相談するのは当然です」

「そんな……普通に恋愛をしているだけで性的暴行だなんて、普通は言わないでしょう。僕と和花さんは、あくまでも愛し合っていて――」

顔を引き攣《っ》らせながら主張する宮岸だったが、冬也はそれをにべもなく却下する。

「和花は違うと言っています。例えばあなたがおっしゃるように二人の間に恋愛感情があるとして、性行為が同意の上であるのなら、なぜ彼女はわざわざ婦人科を受診したのですか？」

「それは……」

「不倫をする女だと扱われることは彼女の名誉に関わりますから、僕が夫としてあなたを訴えさせていただきます。司法の判断を仰ぎ、白黒はっきりさせましょう」

すると宮岸が、落ち着かない表情になって押し黙る。

おそらく彼は冬也が逆上して不貞行為を犯した和花を切り捨てると予想しており、まさか婦女暴行として警察に訴えるなど思いもよらなかったのだろう。膝の上でぐっと拳を握りしめた和花は、宮岸に向かって口を開いた。

「宮岸さん、あの夜に性行為をした痕跡がなかったことは、わたしが婦人科から診断書を取り寄せれば証明することができます。どうしてそんな嘘をつくんですか」

しばらく黙っていた彼が、かすかに顔を歪める。そして押し殺した声でモソモソと答えた。

「そうやって言えば……君が俺とつきあうと考えたからだよ。実際はできなかったけど」

「どうして……」

「元々そういうつもりで部屋に連れ込んで事に及ぼうとしたんだけど、いざとなると臆してしまったんだ。意識のない状態の尾立さんを無理やり抱いて、もし事が大きくなったらと思うと怖くなった。だから関係があったことを匂わせるだけで充分だと思った」

その後は〝性行為があったもの〟として押し通せば、いずれ和花は冬也と別れて自分の元に来てくれる。そう考えていたのだという宮岸の主張を聞いた和花は、眉をひそめて問いかけた。

「どうしてそんなこと……」

「久しぶりに仕事で尾立さんに会ったとき、いきなり『結婚した』って聞いて、自分でも驚くほど動揺したんだ。前からいいなと思っていたのは本当で、きれいなのに男の気配はまったくないし、そのうちアプローチすればいいって悠長に構えてた」

だが心の中でキープしていた相手が自分に何の相談もなく結婚していたと知り、宮岸は複雑な気持ちになったらしい。

打ち合わせで顔を合わせるたび、和花から漂う柔らかな花の香りや白くたおやかな手を意識するようになり、じわじわと「自分のものにしたい」という想いが募っていったという。それを聞いた和花は、驚いてつぶやいた。

「宮岸さんがそんなふうに思っていたなんて、わたしはまったく知りませんでした。今まで好意を匂わせられたこともなかったので」

「そうだな。俺の知らない男の物になったって知ったら、途端に欲しくてたまらなくなったんだ。ずっと心の中でキープしていたんだから、君を好きに扱う権利があるんだと思った」

あまりに身勝手な論理にふつふつとした怒りをおぼえつつ、和花は重ねて問いかける。

「もしかして京都出張の夜、わたしの飲み物に何か入れましたか？　あのときは急速に眠気に襲われて、あとで考えるとすごく不自然だと思ったんです」

「それは……」

「ちなみに婦人科では、検査のために採尿もしています。このあと検体を詳しく調べてもらうのは可能なので、正直に答えてください」

すると和花の問いかけに宮岸が視線を泳がせ、言い逃れができないと思ったのかモソモソと歯切れの悪い口調で答える。

「尾立さんが化粧室に行ったタイミングで……味の濃いカクテルを頼んで、あらかじめ粉末にしていた睡眠薬を入れた。そして前後不覚になった君をホテルの自分の部屋に連れ込んで、あたかも関係があったかのように装った」

睡眠薬は彼の母親が常用しているのを盗み出し、前もって粉末にしたものを隠し持っていたらしい。それを聞いた冬也が、怒りを目に漲《みなぎ》らせて言った。

「あなたがしたことは、犯罪だ。既婚者である和花に勝手に執着を募らせ、薬を盛って昏睡《こんすい》させた挙げ句にホテルに連れ込むなど、卑怯にも程がある」

「で、でも、実際には何もしていない。服を脱がせてベッドに横にならせただけで、既成事実を匂わせれば尾立さんは俺を選んでくれると思ったんだ。それに不倫なんて世の中にごまんと溢れているし、結婚期間が短いんだから、たとえ不貞で慰謝料を請求されても微々たるものだと思った」

冬也が宮岸を睨《にら》みつけ、大きく息を吐く。そして彼を正面から見つめて淡々と告げた。

「事情はわかりましたので、今日のところはお引き取りください。今後に関しては、改めてご連絡させていただきます」

その言葉に戸惑いの表情を浮かべ、宮岸が問いかける。

「あの……警察については」

「こちらでよく考えた上で対処します。どうかお引き取りを」

彼がぎこちなく立ち上がり、襖を開けて部屋を出ていく。廊下で高野が「お帰りですか」と声をかけ、玄関口まで見送りに出る気配がした。

室内に残された和花は、隣に座る冬也を見つめてつぶやく。

「冬也さん、わたし……」

「ここじゃ落ち着かない。マンションに戻ってから話をしたいんだが、いいかな」

「わかりました」

第十章

午後七時過ぎの外は既に暗く、空気はひんやりしている。

尾立家の屋敷を出てマンションに向かって歩きながら、冬也は先ほどの宮岸という男とのやり取りを思い出していた。六時に華道教室が終わったあと、後片づけをしていた冬也の元に二十代の生徒二人が訪れて、「和花先生と男性が、お屋敷の前で揉めているみたいです」と言ってきたときは驚いた。

外に出てみると、確かに門扉の横で和花が三十歳前後のスーツ姿の男と言い争っていて、冬也は「誰だろう」と考えた。そうするうちに、中に入ろうとする男とそれを押し留めようとする和花が揉み合いになり、彼女のバッグが地面に落ちた。

散らかった中身の中から病院の診察券を拾い上げた男が、「もしかして、妊娠したのか」「だったら子どもは俺の子っていう可能性もあるよな」と言っているのを聞いた瞬間の気持ちを、冬也は苦く思い出す。

（婦人科の診察券を持っているなんて、和花は本当に妊娠しているんだろうか。あの宮岸という男との関係は否定していたけど……）

互いに無言で歩き、自宅マンションに到着する。

中に入ると、荷物を置いた和花が「あの、お茶を淹れますね」と言ってキッチンに行こうとしたものの、冬也は首を振って言った。

「いや、お茶はいいから座ってくれ」

「……はい」

彼女が緊張した面持ちで、ソファの隣に座る。冬也は頭の中で要点を整理しながら口を開いた。

「さっきの、宮岸という男のことだけど。名刺とかはあるのかな」

「はい、探せばあると思います」

「勝手に横恋慕して乗り込んでくるなんて、びっくりだ。今までは何も兆候はなかったんだろう？」

冬也の問いかけに、和花が頷いて答える。

「普通の取引相手より幾分気安く接してくるところはあったんですけど、ここ半年は一緒に仕事をすることもなく、連絡がありませんでした。でも結婚の報告をしたとき、『同じ業界の人間で婿養子にするのにちょうどいいから、その人と結婚したのか』とか、『君に結婚の報告をされなかったことがショックだ』と言われて、戸惑ったんです。わたしたちはそこまで密な間柄ではなかったので」

それから打ち合わせのたびに飲みに誘われるようになったというが、彼女は毎回断っていたらしい。だが京都出張の夜は、互いの慰労を兼ねて応じたのだという。

「今思えば、彼は食事の最中に頻繁に日本酒を勧めてきていました。酔いを感じたわたしが化粧室に立ち、『そろそろ切り上げてホテルに戻ろう』と考えていたら、宮岸さんが口直しにとカクテルを頼んでくれていたんです」

それを飲んだ和花は強い眠気に襲われ、意識を失った。目が覚めると翌日の朝で、彼と裸でベッドの中にいたのだと、彼女は張り詰めた表情で語った。

「わたし……頭が真っ白になりました。宮岸さんはあたかもわたしのほうから彼に抱きついて迫ったかのように説明して、『俺が昨夜誘われて断らなかったのは、前から君のことが好きだったからだ』『ご主人と別れて、俺とつきあってくれ』って言ってきて……パニックになったんです」

「それで、婦人科の受診を?」

冬也の問いかけに、和花が頷いて言った。

「彼の言うことが本当なのかどうか、半信半疑だったんです。でも医師の診察の結果は『性行為があったという痕跡は見当たらない』というもので、宮岸さんが嘘をついているのがわかりました」

和花は宮岸を問い質したものの、彼は肉体関係があった前提でしか話さず、その後電話やメッセージをしつこくされた。そのため、「これ以上あなたと話すことはありません」と言ってブロックしたのだという。

彼女が深く頭を下げて言った。

「――ごめんなさい。本当は宮岸さんのことをすぐに冬也さんに話すべきだったのに、自分の脇の甘さを責められるかもしれないと思って言えずにいました。でも、顔を見ると罪悪感が募って……ついよそよそしい態度を取ってしまったんです。本当に反省しています」

それを聞いた冬也は、小さく息をついて答えた。

「俺としては、すぐに話してほしかったよ。あの男は君に睡眠薬を飲ませてホテルに連れ込んでいるんだから、犯罪だ。被害者である和花を責める気はない」

むしろ彼女がどれだけ悩んで婦人科を訪れたかを想像し、冬也は痛々しさをおぼえる。

すると和花の目に涙が盛り上がり、ポロリと零れて落ちた。彼女は指先でそれを拭い、絞り出すような声で言った。

「わたし――すごく怖かったんです。もし間違いを犯していたらどうしよう、冬也さんに顔向けができないって。性行為がなかったことは医師の診察でわかりましたけど、あの人に身体を見られているわけですし、もしかしたら写真も撮られているかもしれない。問い詰めても全然話が通じなくて、電話番号とトークアプリをブロックすることでしか自衛できませんでした」

「そうだな。俺としては、やはり今回の件は警察に届けるべきだと思う。屋敷の中に入ってからの宮岸との会話はスマートフォンで録音しているし、これを証拠に被害届を出そう」

和花が驚きに目を瞠り、「いつの間に……」とつぶやく。冬也はポケットからスマートフォンを取り出し、テーブルに置きながら答えた。

「『家の中で話そう』と言って廊下を歩いているとき、堂々と操作したよ。彼は俺と和花の後ろを歩いていて、こっちの手元が見えていなかったから」

「……そうですか」

彼女が一呼吸置き、意を決した様子で言葉を続ける。

「ずっと冬也さんに対してぎくしゃくした態度を取っていましたけど、隠し事をしているのがつらくて、今日は全部話そうって決めていたんです。……あなたに聞きたいことも含めて」

「俺に聞きたいこと？」

「はい。――今日、神嶋翠さんという女性がうちの屋敷を訪ねてきました」

和花の口から思いがけない名前が出て、冬也は目を瞠る。今日は講師の一人に同行して外出しており、午後三時半まで不在にしていたが、翠はそのあいだに訪れたのだろうか。

（……一体何のために？　また俺に纏わりつくつもりだったのか）

そう警戒する冬也を見つめ、彼女が硬い表情で言った。

「神嶋さんは冬也さんの親友の妹だと名乗り、自分たちがいかに昔から親しくしているか、三年前にお兄さんが亡くなったときにどれだけ親身になってくれたかをわたしに語りました。そして言ったんです、『冬也さんにはその気はなかったのに、ご両親やお世話になっている華道界の方に勧められ、どうしてもあなたとの縁談を断れなかったんだ』って」

「えっ？」

「それだけじゃありません。『自分は冬也さんが好きで、彼もそれを理解してくれている』『どうしても諦められないから、どうか私に冬也さんを返していただけませんか』と訴えてきました」

和花が声を震わせ、沈痛な面持ちで目を伏せる。それを前に、冬也は信じられない気持ちで口を開いた。

「それは誤解だ。俺が彼女と恋愛関係になったことは、今まで一度もない。確かに十六年前から知っているけど、あくまでも親友の妹にすぎず、個人的な繋がりはなかった。でも親友が三年前に亡くなったとき、彼女は精神的な不安定さを理由に俺にひどく依存してきたんだ。最初は『急に兄を亡くしたんだから、無理もない』と考えてつきあっていたけど、こちらへの要求がどんどんエスカレートするのに困惑して、意識して距離を置いた」

「でも神嶋さんは、以前から冬也さんと相思相愛みたいなことを……」

彼女が困惑した様子でつぶやき、こちらを見る。冬也は言葉を続けた。

「この三年ほどはまったく連絡を取っていなかったが、先週の土曜日に突然電話がきたんだ。『父親が突然倒れて病院に運ばれてしまったが、手続きなどをどうしたらいいかわからない』という相談で、向こうの住まいがごく近くだから急遽駆けつけた。だがそれ以上のことは、何もない」

「土曜日というと、わたしが実家に泊まった日ですよね。その翌朝、わたしは尾立家《うち》の前で一緒にいる冬也さんと神嶋さんの姿を見ました。もしかして冬也さんは、土曜の夜に神嶋さんと二人で過ごしたんじゃないんですか？　それで日曜の朝、出勤するときにうちの前まで一緒に来たんじゃ」

まさかそんな誤解をされていたとは思わず、冬也は驚きながらつぶやく。

「君はあのとき、彼女と一緒にいる俺の姿を見ていたのか？　怒った態度を取っていたのは、それでか」

「はい。冬也さんと神嶋さんは遠目に見てもお似合いで、それで思ったんです。彼女が冬也さんの本当に好きな人じゃないかって」

それを聞いた冬也は、怪訝《けげん》に思って問いかける。

「本当に好きな人って、一体何のことだ。さっきも言ったとおり、俺は今も昔も彼女を異性として見たことはないし、他にそういうつきあいの女性もいない」

すると和花が頑《かたく》なな表情になり、押し殺した声で答える。

「冬也さんには……ずっと好きな女性がいるんですよね。その人のことを忘れられないのに、ご両親や華道界の重鎮からお見合いをゴリ押しされて、仕方なくわたしと結婚した。違いますか」

「そんな相手はいないよ。君は一体、どこからその話を聞いたんだ」

「挙式の一週間前に眞敷家のお屋敷で食事会が開催されたとき、お義兄さんの良秋さんと冬也さんがお話ししているのを偶然耳に挟んでしまったんです。良秋さんは『前に忘れられない女がいると言っていたのに、このまま結婚してしまっていいのか』と問いかけていて、冬也さんは『その件についてはもういい』って答えていました。それを聞いて、思ったんです。冬也さんにとってわたしとの結婚は〝妥協〟にすぎず、本当に想う人は別にいるんだって」

冬也は彼女を、呆然と見つめる。

確かに次兄である良秋とそんな会話をした記憶はぼんやりあるが、まさか和花がそれを聞いていたとは思わなかった。冬也は混乱しながら口を開いた。

「良秋兄さんとそういう話をした記憶は、確かにある。彼に異性関係について聞かれたとき、『忘れられない女性がいる』と語ったのも事実だ。でもそれは、他に想う人がいるとかではない」

持って回ったような言い方を聞いた彼女が、こちらが言い逃れをしようとしていると思ったのか、顔をこわばらせる。冬也は言葉を続けた。

「俺が忘れられなかった女性は、君だからだ。和花は覚えてるかな、十四年ほど前にお義母さんと一緒に眞敷流の発表会を訪れたときのことを」

「えっ」

「当時の俺は十六歳で、君は中学二年生だった。俺は会場で花生けのデモンストレーションをやったんだけど、君はそのあとわざわざ会場内にいた俺を探して、『とても素晴らしい作品で、工程に思わず見入ってしまいました』って声をかけてくれたんだ。そのときの溌剌《はつらつ》とした表情や、心からそう思っているんだってわかるキラキラした目を見て、『可愛い子だな』って思った」

その後、関係者から「あれは尾立流の家元と、そのお嬢さんだ」と聞かされ、強く印象に残った。とはいえこちらからどうこうすることなく年月が過ぎ、約半年前に父から見合い話を持ちかけられたとき、相手が十四年前の少女だと気づいてひどく感慨深い気持ちになった。

そう説明し、冬也は和花を見つめた。

「実は十四年前の発表会の頃、俺は自分の将来に悩んでいたんだ。三男である俺は家を継ぐ立場ではないから、華道と関係のない道に進むのもひとつの選択肢じゃないかって。でも、君に褒められたことでやりがいを見出《みいだ》して、『この先も華道をやっていこう』って思えるようになった」

将来を決めるきっかけとなった女性が見合い相手だと知り、運命的なものを感じた冬也は縁談を受けるのを了承した。つまり両親や華道界の重鎮の口添えはまったく関係なかったのだと語ると、彼女が瞳を揺らして言う。

「でも、だったらどうして良秋さんにそう言わなかったんですか？」

「ここ数年、兄さんは周囲から早く身を固めるように言われていて、自分が自由でいたいために結婚話を俺に振るようになった。それが煩わしくて、『忘れられない女性がいる』と言ってはぐらかしていたんだ。見合いの相手が和花だと分かったときはうれしかったけど、兄さんは何かと悪ノリする性格だから、あのとき正直に話して茶化されるのが嫌だと感じた俺は、彼の質問に『それに関しては、もういい』と答えてさらりと流したつもりだった」

冬也は一旦言葉を切り、和花を見つめて告げた。

「俺は和花が、好きだ。十四年ぶりに再会してきれいになった姿はもちろん、君の花生けを見て次期家元にふさわしい品格と感性を持ち合わせていることを知り、深い尊敬の念が湧いた。生徒の前では凛としている君が、実は男性に慣れていなくて初々しいのを可愛いと思ったし、同じ華道家として話が合ってどんどん心惹かれていった」

尾立流の稽古を通じてその人間性に触れ、いずれ家元になる彼女の支えになりたいと思った。

それだけに、挙式の三日前に突然「自分がこの結婚に望むのは、跡継ぎとなる子どもを産むことだけ」「無事に出産を終えたら離婚してほしい」と言われたとき、頭が真っ白になった。

冬也がそう言うと、彼女が顔を上げて口を開いた。

「良秋さんとの会話を聞いたとき……わたしはあなたが自分以外の誰かを想っているのだと知って、ショックを受けました。冬也さんを一人の男性として好きになっていたのに、自分との結婚は妥協なのだと知って惨めになりましたし、いっそ破談にしたい気持ちがこみ上げましたけど、挙式の寸前だったためにそれはまったく現実的ではありませんでした。だから思ったんです。一度結婚して、一、二年後に離婚しよう。その代わり、わたしはあなたの血を引く子どもを生みたいって」

冬也は驚き、和花の肩をつかむ。

「待ってくれ。じゃあ君が俺に言ったことは、まったくの嘘だったってことか？　他に好きな男がいるって――」

「そういうふうに言えば、冬也さんはわたしに罪悪感を抱くことなく離婚に応じてくれる気がしたんです。『お互いに好きな相手がいるのなら、この結婚はビジネスだ』『その代償として子どもを作るのは問題ない』って、割りきってくれそうだと思いました」

彼女は「でも」と言い、目の前の冬也を見つめる。

「結婚したあとの冬也さんは本当に優しくて、どんどん惹かれていく気持ちを止められませんでした。あなたともっと一緒にいたい、そのためには妊娠するのを先延ばしにすればいいんじゃないかと考えて、一度生理がきた直後からこっそりピルを飲んでいたんです。バッグの中にあったのは、それを処方してもらうために受診した婦人科の診察券でした」

実は和花がピルを飲んでいたというのは、冬也にとってあまりに意外な告白だった。

彼女は積極的に子どもを欲しがっているように見えていたのに、本当は妊娠を先延ばしにしようと考えていたのだとわかり、何ともいえない気持ちになる。

「……俺も同じだ。和花から突然『他に好きな男性がいる』と聞いたときは強い嫉妬の感情をおぼえたし、挙式の直前にこんなことを言うなんてと理不尽な思いにかられた。でも、どうしても君を諦めきれずに納得したふりをして結婚したんだ。妊娠出産を終えるまでに和花の気持ちを自分に向ければいい、そうすれば離婚を回避できると考えていた」

結婚して身体の関係ができると、和花へのいとおしさが増した。

料理が苦手なところや慣れない掃除や洗濯を一生懸命やってくれる姿を可愛く思い、一緒に出掛けるのも楽しく、こんな日々ができるだけ長く続いてほしいという思いがこみ上げた。

そう語り、冬也はやるせなく笑いつつ言葉を続ける。

「ここ最近、中で出さないようにしていたのは、だからだ。君と同じように、できるだけ妊娠を先延ばしにしたいという気持ちがあった。とはいえ完璧に避妊しているわけじゃないから、いつ子どもができるのかとヒヤヒヤしていたよ。このところの和花の態度はおかしかったし、さっき宮岸の手に婦人科の診察券があるのを見たとき、『やっぱり妊娠してるのか』って思った」

「し、してません。黙ってピルを飲んだりして、本当にすみませんでした。わたしの行動は、冬也さんに軽蔑されても当然だと思っています。信頼を裏切る行為ですから」

冬也は首を横に振り、微笑んで答えた。

「いや、軽蔑はしてない。和花がそこまでして俺と一緒にいたいと思ってくれたのがうれしいし、俺だって同じことを考えていたんだから、お互いさまだ。何より君に他に好きな男がいるという話が嘘で、安心してる」

「……冬也さん」

「俺たちは、自分の気持ちをもっと相手に伝える努力をするべきだったな。せっかく縁あって夫婦になったのに、互いの本音がわからずに疑心暗鬼になって……それでも本当は好きだったなんて、回り道にも程がある」

冬也は「だから」と言って、和花の頬に触れる。

「改めて、夫婦としてやり直さないか？　俺は他に好きな女性はいないし、和花とずっと一緒にいたい。年老いるまで夫婦として生きていきたいと思ってる」

彼女の目が潤み、冬也の手に自分のそれをそっと重ねてくる。そして泣き笑いの顔で答えた。

「わたしも、冬也さんが好きです。他の男性なんて目に入らないですし、死ぬまで一緒にいたいと思っています」

冬也の心に、深い安堵が広がる。

彼女が自分を好きで、他の人間に心を奪われていないとわかり、言葉にできないほどの喜びがこみ上げていた。細い身体を抱き寄せると、腕の中にしっくりと収まる。着物に焚《た》きしめた花のような匂いを嗅ぎながら、抱きしめる腕に力を込めてささやいた。

「君とこうして気持ちが通じ合ったのが、嘘みたいだ。いきなりマンションに戻ってこなくなったときは、もしかして妊娠したから自分はもう用無しなのかと考えていた」

「ごめんなさい。最初は宮岸さんのことがあった直後で一緒に居づらくて、次の日は神嶋さんと一緒にいるのを見て、裏切られた気持ちでいっぱいだったんです。しばらく実家にいようとしたら、うちの母に『そうやって向き合わずに逃げていると、後悔する』『あなたたちは夫婦になって日が浅いんだから、物理的な距離がそのまま心の距離になってしまうこともありえる』って諭されて、結局日曜の夜は一人でホテルに泊まりました」

月曜である昨日は友人たちと集まって酒を飲み、酩酊するうちに「冬也の現在の妻は自分なのだから、独占する権利があるはずだ」と考え、マンションに戻ってきて寝込みを襲ったというのが事の顛末《てんまつ》らしい。

それを聞いた冬也は抱きしめる力を緩め、和花の顔を見下ろして問いかけた。

「昨夜はまったく手加減できなくて、悪かった。身体は平気か？」

「だ、大丈夫です。日中はちょっと疲れがありましたけど……元はといえば、わたしのせいですし」

どこか気恥ずかしげに答える様子に心が疼き、冬也はささやく。

「まだ疲れが癒えない中で申し訳ないけど、今すぐ君を抱きたいって言ったら迷惑かな」

「えっ？」

「確かめたいんだ。和花の全部が俺のものだって」

すると彼女がかあっと顔を赤らめ、しどろもどろに言った。

「あ、あの、今すぐですか？」

「ああ」

「でも、まだそんな時間じゃ……」

「駄目かな」

一歩も引かない冬也を見つめ、ぐっと言葉に詰まった和花が、小さく答える。

「だ、……駄目ではないです」

「じゃあ、寝室に行こう」

＊　＊　＊

腕を引かれてリビングを出て、寝室に向かう。暗い廊下を歩きながら、和花は胸がドキドキしていた。

（嘘みたい。……冬也さんとこの先も夫婦でいられるなんて）

宮岸と揉めているところに冬也が現れたのをきっかけに、互いに思っていたことをさらけ出した結果、彼が「忘れられない女性がいる」と言っていたのは自分のことだったのだとわかった。

言われてみれば中学二年生の頃、十糸子に連れられて他流派の発表会に行ったことがあり、そこで和服姿の男性のデモンストレーションを見た記憶がある。

（あれが冬也さんだったなんて、全然気がつかなかった。すごく恰好いい高校生くらいのお兄さんが花生けをしてて、所作や出来上がった作品がきれいで、思わず見入っちゃったんだよね）

おそらく眞敷流の家元である義父の和幹や義兄たちも実演をやっていたはずだが、一番印象に残ったのが冬也だったからこそ、和花はわざわざ話しかけにいったに違いない。

彼のほうもこちらを覚えていて、あのときの少女だとわかった上で見合い話を受けてくれたのだとわかり、ひどく感慨深い気持ちになる。神嶋翠についてはまったく異性として見ていないことがわかり、心からホッとしていた。

「ん……っ」

寝室に入るなり身体を抱き寄せられ、覆い被さるように口づけられる。

冬也の舌が口腔に押し入ってきて、和花はくぐもった声を漏らした。そのままベッドに押し倒してきた彼が、こちらの着物に手を掛ける。帯あげや帯枕、帯を取り去り、さらに帯板や伊達締、胸紐を解いて長着を脱がせる冬也の手つきは、和装に慣れているせいか迷いがない。

肌襦袢《はだじゅばん》や和装ブラ、裾除けまで取り去られるとローライズの下着一枚になって、彼が上に覆い被さってくる。胸のふくらみをつかんで先端を舐められると、濡れた舌の感触に肌が粟立った。

肌のあちこちにキスを落とされ、素肌に触れる冬也の髪と彼の服にゾクゾクした和花は、腕を伸ばしてシャツを引っ張りながら言う。

「冬也さんも、脱いで……」

すると彼が自身の着ていたジャケットとカットソーを脱ぎ、床に放る。

しなやかで男らしい上半身を前にした途端、心臓の鼓動が高鳴った。和花は足先を動かし、「あの」と呼びかける。

「わたしが冬也さんに、触ってもいいですか？」

「えっ？」

身体を起こした和花は、座った状態の冬也に向かい合ってその胸板に触れ、顔を寄せて首筋にキスをする。硬く引き締まった感触を愉しみながら肩や鎖骨などに唇を押し当て、彼と目が合った瞬間にその唇を塞いだ。

「ん……っ」

口腔に舌を忍び込ませた途端、冬也が応えてくる。

ゆるゆると舌同士を絡ませながら彼の無駄のない胸や腹部を撫でた和花は、やがてスラックス越しに股間に触れた。半ば勃ち上がり、存在を主張し始めていたそれは、触れるとますます硬くなる。

自分を前にして冬也が昂ぶっているのだと思うとじんと身体の奥が熱くなり、和花はキスを解いた。唾液が透明な糸を引くのを恥ずかしく思っていると、彼がこちらの手を押し留めて熱を孕んだ眼差しで言う。

「どうして……」

「昨夜もそうだけど、積極的な和花は可愛いな。でも今日は、俺の好きにさせてほしい」

「お互いに同じ気持ちだってわかってから、初めて君に触れるんだ。とことん可愛がりたい」

「ぁ……っ」

ふいに上半身を抱きすくめられて肩口にキスをされ、和花はドキリとする。少し強めに吸われてツキリとした疼痛が走り、そこに痕を残されたのがわかった。

背中のラインを愛《め》でるように撫でながら何度も首筋にキスをされ、ゾクゾクとした感覚がこみ上げる。そうするうちに冬也の手が下着の中に入り込み、尻の丸みに触れた。

大きな手で揉みしだかれると次第に淫靡な気持ちが募り、彼にもたれ掛かった状態の和花は息を乱す。すると冬也の指が後ろから花弁を割り、思わずビクッと身体を震わせた。

「あっ……！」

中指で蜜口を探られた途端、くちゅりという水音が響いて、かあっと頬が熱くなる。

昨夜さんざん抱かれたため、そこは少し腫れぼったい。だが潤沢な愛液が彼の動きを助けて、指先をたやすくのみ込んでしまった。

「んっ……ぁっ、……は……っ」

浅いところをくすぐられ、くちゅくちゅと恥ずかしい水音が立つ。

じわじわと埋められていく指を内壁がきつく締めつけて、和花は目の前の冬也の身体にもたれて喘いだ。指の抽送が次第に大胆になり、中が断続的にわなないて、愛液が蜜口からしとどに溢れているのがわかる。

固い胸板に頬を擦りつけて喘いでいた和花は、顔を上げて自ら彼の唇を塞いだ。その瞬間、指でひときわ奥を抉られて、ビクッと身体を震わせて達する。

「んー……っ……」

キスをしながらくぐもった声を上げ、ぐったりと身体を弛緩させる。すると冬也が和花の身体を押し倒し、上から覆い被さって言った。

「君は本当に可愛い。初めて抱いたときは処女だったのに、今はこんなに感じやすくなって」

「あっ……！」

脚の間に顔を伏せた彼が、まだ絶頂の余韻も冷めやらない秘所を舐め上げてきて、和花は声を上げる。

熱い舌が花弁を這い回り、敏感な花芽を押し潰されるとじんとした愉悦がこみ上げた。溢れ出た愛液を啜られ、冬也の息遣いが肌に触れてゾクリとする。腕を伸ばした和花は彼の髪に触れ、上擦った声で言った。

「ぁ、冬也、さん……っ」

「ん？」

「も……っ」

早く欲しいと言外にねだると、冬也はこちらの太ももの内側にキスをしながら答えた。

「言っただろう、とことん可愛がりたいって。昨日は無理させたから、いっぱい慣らさないと」

それから彼は、自身の舌と指で長いこと和花を啼《な》かせた。感じすぎてぐったりとした頃、冬也がようやく自身のスラックスを緩め、いきり立った昂ぶりを取り出す。

硬く張り詰めたものの先端で濡れそぼった花弁をゆっくりなぞられ、和花の身体の奥が疼いた。彼の大きさや硬さ、熱さを知っている内襞が物欲しげに蠢き、蜜口がヒクリとわななく。

「んん……っ」

ぬるぬると入り口を嬲っていた亀頭がゆっくり埋められ、中を拡げながら進んでいった。

圧迫感に息を詰めながら、和花は切っ先が最奥に到達するのを待つ。しかしその手前で彼が動きを止めてしまい、戸惑って声を上げた。

「ぁ、何で……っ」

すると入り口まで腰を引いた冬也が、自身を一気に奥まで埋めてくる。突然与えられた衝撃と圧倒的な質量に、和花は背をしならせて声を上げた。

「んぁっ……！」

「は……っ、すごいな、中。熱くて溶けそうだ」

彼が感じ入った声でそうつぶやき、抽送を激しくしてくる。

こちらの膝を胸につくくらいまで押し広げ、真上から剛直を突き入れてくる動きに、押し出されるように声が出た。硬く質量のあるもので最奥を突かれ、目がチカチカするほどの愉悦をおぼえる。

「うっ……んっ、……あ……っ」

荒っぽい動きに否応なしに快楽を引きずり出され、和花は呆気《あっけ》なく達する。

しかし冬也の動きは止《や》まず、端整な顔をかすかに歪めつつ抽送を速めてきて、嵐のような激しさに翻弄された。愛液でぬるつく隘路を何度も穿たれ、聞くに耐えない水音が立つ。一分の隙もなく密着した内壁がビクビクと震え、楔をきつく締めつけていて、その太さや逞しさをつぶさに伝えてきていた。

甘い愉悦に絶え間なく襲われながら、和花は涙目で彼の首に腕を伸ばす。しがみついて引き寄せると、冬也は抗わず身を屈めてきて、片方の腕できつく身体を抱き返してくれた。彼は荒い呼吸をしつつ和花の汗ばんだ額を唇でなぞり、想いを込めてささやいてくる。

「――好きだ。こんなに欲しいと思うのは、君しかいない」

「ぁ、わたしも……っ」

体内を穿つ肉杭がより質量を増し、内臓がせり上がるような圧迫感にひたすら耐える。

無意識に逃げを打つ身体を引き戻され、より激しく奥まで貫かれて、高い声が出た。息も絶え絶えになりながら、和花は冬也の身体にしがみついて訴える。

「あ……っ、も……達っちゃ……っ」

「ああ。俺も達く」

律動を速められ、和花は「あっ、あっ」と切羽詰まった声を上げる。汗ばんだ互いの肌が密着し、甘ったるい快楽が身体の奥でどんどん高まっていって、目の裏に火花が散った。

（あ、もう達く……っ）

「あっ……！」

ビクッと身体を震わせて達すると、ほぼ同時に冬也が息を詰め、最奥で吐精する。

熱い飛沫が隘路を満たしていき、柔襞が啜る動きをして幹に絡みついた。息も荒く彼を見つめると、額に汗を浮かべた冬也が目元を緩め、和花の頭をいとおしげに掻き抱いてくる。

そしてこちらの乱れた髪に自身の鼻先を埋めてつぶやいた。

「こうして中で出しても、ピルを飲んでいる以上は妊娠しないってことだよな」

「そ、そうですね。……すみません」

「いや。俺としてはもっと夫婦としての時間を充実させたいし、しばらくのあいだは現状のままでもいいような気がしてる。もし薬の副作用がつらかったりするなら、すぐにやめるべきだけど」

確かにピルの副作用として吐き気や頭痛、むくみなどが挙げられるが、幸いなことに和花はそうした症状を感じずに済んでいる。そう告げると、彼が微笑んで言った。

「そうか、それならよかった。でも君がすぐに子どもが欲しいなら、俺も前向きに考えるよ。どうする？」

冬也の問いかけに、和花はまだ息が整わないまま上気した顔で答える。

「わたしも……冬也さんと二人だけの時間を楽しみたいです。子どもはいつか、お互いに自然と欲しくなったときでいいのかなって」

「そうか」

彼がこちらの左手をつかみ、自身の口元に持っていく。そして薬指に嵌まった結婚指輪に口づけて言った。

「改めて、この先ずっと誠実な夫であることを誓う。君への思いやりを忘れず、同じ華道家として高め合っていけたらと考えてるけど、和花はどうかな」

和花の心に、じんわりと幸せな気持ちがこみ上げる。こうして愛情を態度で示してくれる冬也となら、この先も仲よくやっていけるに違いない。

そう思いながら、和花は微笑んで答えた。

「はい。――これからも、よろしくお願いします」


その後、和花は冬也と話し合い、宮岸の件について警察署に相談に行った。詳細を伝えると罪に問えるとのことだったため、被害届を出した。

自宅を訪れた警察から任意同行を求められた彼は青ざめ、「彼女とはあの夜、同意があった」と言い訳をしていたものの、和花が提出したトークアプリでのやり取りや尾立家の屋敷で話し合いをしたときの音声データから言い逃れはできず、結局睡眠薬を飲ませてホテルに連れ込んだことを認めたらしい。

また、宮岸のスマートフォンには和花の裸を撮影した写真のデータが数枚あり、罪状を追加して逮捕されることとなった。彼の勤務先であるＦ社は仕事を通じての犯罪行為を平身低頭で詫び、宮岸に対して懲戒解雇《ちょうかいかいこ》という厳しい処分を下したものの、冬也の怒りは収まらなかった。

「勝手に横恋慕してホテルに連れ込んだ挙げ句、和花の裸まで撮影していたなんて、本当に許しがたい。刑事罰を受けてもらうのはもちろんだけど、民事でも訴えよう」

一方、和花に対して「自分と冬也は、以前からつきあっている」「彼を返してほしい」という嘘を吹き込んだ神嶋翠に対しては、冬也が彼女の両親同席のもとで厳重に抗議した。

「僕と翠さんが交際していたという事実はなく、妻に嘘の話を吹き込んで離婚を迫るのはあまりにも悪質です。かつては朗さんと友人として親しくしておりましたが、翠さんに関しては彼の妹という以上の感情はまったく持ち合わせておりません。今回はお父さんが急に倒れられたとのことで対応したという事情があるものの、残念ですが今後は一切の接触をお断りさせていただきます」

面と向かって「恋愛対象ではなく、迷惑だ」と言いきられた翠は涙をポロポロ零し、得意の泣き落としで冬也を懐柔しようとしたものの、にべもない態度を取られて不貞腐《ふてくさ》れていたらしい。

神嶋夫妻は娘の行動に対して深く謝罪し、今後は冬也と和花に接触させないことを約束して、その旨を書面にした。

あれから一年、和花は相変わらず尾立華道教室で講師を務める傍ら、ワークショップやイベント装花などを積極的にこなしている。夫である冬也は尾立流の師範の資格を取り、講師として生徒を教えるようになった。

穏やかな口調とわかりやすい講座、美しい花生けはもちろん、端正な容姿も相まって彼の人気は上々だ。その傍ら、カルチャースクールの講師やデモンストレーションなどの仕事をこなし、尾立流の雑誌の編集にも携わるなど精力的に活動している。

「冬也さんをうちのお婿さんに迎えて、正解だったわね。こんなに家業に馴染んでくれる人って、そうそういないわよ。やっぱりわたしの目のつけ所がよかったんだわ」

まるで自分の手柄だと言わんばかりの十糸子に、休憩中にダイニングでお茶を飲んでいた和花は「そうだね」と答える。

すると彼女が、からかう口調で言葉を続けた。

「冬也さんの教室、最近は予約がいっぱいになるくらいに大人気でしょ。しかも若い女性の生徒さんが多いし、あなた心配じゃないの」

そんな母親の問いかけに、和花はポーカーフェイスで答える。

「全然。冬也さんのおかげで教室の生徒さんが増えて大助かりだし、皆さん真面目に取り組んでくれてるんだから、お母さんもふざけたことを言うのはやめて」

「はいはい。反省します」

午後の教室のデモンストレーションで使う花器を選ぶため、和花は離れに向かう。

するとそこでは同様に花器を選んでいる冬也がいて、こちらを見て微笑んだ。

「お疲れ。君も花器を選びに？」

「はい」

同じ花材を使いながらも、花を生ける人や花器が違うとまったく趣が異なるのが華道の面白いところだ。

尾立流の作法を踏襲しつつ、かつて眞敷流で習得した技術や独自の感性がにじむ彼の花生けを見るたび、和花は「すごいな」と尊敬の念をおぼえる。一方で端整な横顔や指が長く繊細な手を目の当たりにすると、彼への恋心を強く意識していた。

（結婚して一年が経っても、わたしはこの人に恋をしてる。ううん、最初の頃より、もっとずっと好きになってるかも）

年齢以上の落ち着きがあり、いつも穏やかで家事が得意な冬也への愛情は、まったく薄れることはない。

華道家として同じ目線で仕事の話ができるのも、信頼と尊敬が深まった理由のひとつだ。夫としても理想的で、いつも惜しみなく和花に愛情を注いでくれる。二人の時間を大切にしてきたこの一年間は本当に幸せで、だからこそ最近は違う思いが芽生えつつあった。

（わたしは、この人の子どもが欲しい。大好きな冬也さんの血を引く子どもを生むことができたら、きっとすごく幸せだろうって思うから）

家事でも仕事でも、気がついたことを率先してやってくれる冬也なら、きっといい父親になるに違いない。そう考えた和花は、しばらく前からピルの服用をやめ、自分なりに準備をしていた。

周囲に人の気配がないのを確かめ、彼を手招きする。そして不思議そうな顔で耳を傾けてきた冬也に、自身の考えをひそひそ声で伝えた。

「――……」

すると彼は意外そうに眉を上げ、すぐに笑顔になる。こちらを見つめた冬也が、色めいた眼差しで言った。

「いいよ。そういうことなら今夜は寝かせないから、覚悟しておいて」

子作りをするなら濃密に愛されるはずで、和花の心臓の鼓動が高鳴る。

彼の手が頬に触れ、端整な顔が近づいた。「ここは職場だ」という一抹の後ろめたさが頭をかすめたものの、周囲に誰もいない今なら許されるに違いない。

そう考えた和花は、唇が触れる予感に目を閉じる。そして愛し愛される相手と巡り会えた幸せを、じっと噛みしめた。

あとがき

こんにちは、もしくは初めまして。西條六花《さいじょうりつか》です。『入籍前にフラれたはずが、離婚前提の溺愛旦那様が激しく私を求めてきます!?』をお届けいたします。

ルネッタブックスさんで九冊目となるこの作品は、婚期を微妙に逃した華道家と他流派の三男坊のわけあり契約結婚のお話です。

かつて他社でフラワーコーディネーターが出てくる作品を書いたことがあり、当時の記憶を引っ張り出しつつ、新たな資料を集めての執筆となりましたが、花生けは奥が深くとても興味深いですね。流派によって理念が違い、同じ花を生けてもまったく違う視点になるところが面白いと思いました。

今回は〝子作り婚〟というコンセプトで、自作では初めての設定が楽しかったです。普段ラブシーンを書くときは避妊描写を入れなくてはならないのですが、それがないのが新鮮で……！

結局のところ両片想いの二人なのですが、お互いに言いたいことを言えずにモダモダする過程を楽しんでいただけたらなと思います。

ちなみにお話のラストのあと、和花はすぐに妊娠して男女の双子を授かる予定です。

冬也は家事能力が高く気遣いができるスパダリなので、子育ても積極的にこなしてくれると思います。尾立流の次期家元は双子が最後まで争うかと思いきや、息子が他流派の年上の美人家元と恋に落ち、大学在学中に電撃的にお婿に行って周囲を驚かせたりするかもしれません。

今回のイラストは、浅島《あさじま》ヨシユキさまにお願いいたしました。とても美麗な絵を描かれる方で、憧れのイラストレーターさんの一人だったのですが、お仕事をご一緒できてうれしいです。いただいたラフではイケメンの冬也といかにも初心そうな和花が素敵で、仕上がりを楽しみにしております。

この作品が刊行されるのは、四月ですね。北国であるこちらはあとがきを書いている段階ではまだ雪深く、春が待ち遠しいです。

またどこかでお会いできることを願って。

西條六花

参考文献

『茶花の二十四節季』武内範男（世界文化社）
『花ごよみ３６５日』雨宮ゆか（誠文堂新光社）
『一日一花』為替敏郎（新潮社）
『花いけの勘どころ』上野雄次（誠文堂新光社）

ルネッタブックス

入籍前にフラれたはずが、離婚前提の溺愛旦那様が激しく私を求めてきます⁉

2024年4月25日　第１刷発行　定価はカバーに表示してあります。

著　者　**西條六花**　©RIKKA SAIJO 2024
発行人　鈴木幸辰
発行所　株式会社ハーパーコリンズ・ジャパン
東京都千代田区大手町 1-5-1
04-2951-2000（注文）
0570-008091（読者サービス係）

印刷・製本　中央精版印刷株式会社

ISBN978-4-596-54037-9

※この作品はフィクションであり、実在の人物・団体・事件等とは関係ありません。